La mort de Don Juan

Patrick Poivre d'Arvor

La mort
de Don Juan

ROMAN

Albin Michel

IL A ÉTÉ TIRÉ DE CET OUVRAGE
VINGT EXEMPLAIRES
SUR VÉLIN BOUFFANT DES PAPETERIES SALZER
DONT DIX EXEMPLAIRES NUMÉROTÉS DE 1 À 10
ET DIX HORS COMMERCE NUMÉROTÉS DE I À X

À Victor et Alexis,
à leurs ombres et à leurs fantômes...

« L'amour est vanité ; il est égoïste du
début jusqu'à la fin, excepté lorsqu'il
n'est que pure démence, un esprit de
folie cherchant à s'identifier avec le
néant fragile de la beauté. »

LORD BYRON, *Don Juan* (IX, 73).

BATTEMENTS d'ailes dans le taillis. Désordonnés. Une angoisse remontée de l'enfance, le bruit d'une chauve-souris prise au piège derrière une vieille malle dans le grenier. Je recule d'un pas, avec au cœur la même appréhension qu'il y a quarante ans. C'est une mouette qui surgit du buisson, immense, un goéland peut-être, qui crie et fend l'air de son aile vaillante. L'autre semble blessée.

Je n'ai jamais vu de mouettes en ces lieux. La mer, qui scintille tout là-bas, est déjà loin. Et l'endroit, lugubre et splendide à la fois, n'est pas de ceux qu'affectionnent ces grands oiseaux marins. C'est le cimetière où repose ma fille. Elle y repose tout contre le mur d'enceinte, comme elle le faisait lorsque, petite, elle se pelotonnait au fond de son lit pour avoir moins peur. Quand je l'embrassais après l'avoir bordée, elle tendait son long cou et ses fines lèvres pour un baiser mouillé. Puis elle repliait le tout sous sa chevelure fleuve couleur jaune paille, elle se blottissait face au mur et attendait le sommeil. Plus tard, j'ai su qu'il tardait toujours à venir et qu'elle avait déjà rendez-vous avec ses fantômes, ceux qui lui gâchèrent la vie.

La mouette est toujours là, qui tournoie au-dessus des tombes, qui s'attarde sur celle de ma fille. Des mouettes comme celle-ci m'ont souvent fait escorte lorsque j'allais pêcher en haute mer, dans un grand concert de cris rauques ou suraigus quand il m'arrivait de leur distribuer des entrailles de poissons. Je les ai beaucoup vues, aussi, au-dessus des champs d'épandage et des décharges publiques. Elles aiment se nourrir de nos dépouilles, mais jamais elles ne toucheront à ma grande fille. Personne, jamais, ne pourra plus la toucher. D'elle, il ne reste que des cendres.

Pourquoi rôde-t-elle là, cette mouette, à me narguer dans le ciel pur, m'obligeant à baisser le regard quand elle passe devant le soleil ? Qu'est-ce qui l'attire en bas, quelle charogne ?

La mienne ? Sent-elle que je vais bientôt achever ma course, que je souffre à en crever ? Elle vole si bas qu'elle pourrait m'effleurer du bout de son aile. Vivace, effilée, tranchante. Mouette, goéland et même albatros, je ne me décide toujours pas tant l'oiseau est majestueux, gigantesque vu de si près. J'aurais bien penché pour un albatros, par orgueil. C'est ainsi que me surnommait l'une de mes amoureuses. Albatros ou guépard, cela m'allait, pas vu pas pris, aperçu parfois, jamais rattrapé, au-dessus des autres, ailleurs, différent, pas meilleur, singulier.

Ce n'est pas un albatros, soudain j'en suis sûr. La lumière d'été m'a aveuglé comme une évidence, mon cœur s'est emballé. C'est une mouette, *ma* mouette. C'est elle, ma fille. Elle a surgi de ses ténèbres, elle est venue me saluer une dernière fois. Il y a donc une vie derrière tout cela, derrière ce fatras de deuils et de saloperies. Ma petite enfant blonde s'est réincarnée, elle vole de ses propres ailes au-dessus de son père, elle lui parle, elle sourit. Et lui pleure.

C'est un bonheur tranquille comme je n'en avais plus goûté depuis sa mort. Je peux main-

tenant penser à la mienne. Elle rôde, elle aussi,
depuis si longtemps. Je suis las des luttes contre
le mal qui bientôt aura raison de mes dernières
résistances, contre les fantasmes qui me font
douter, contre ces jeux de miroirs où je ne me
reconnais plus. Il est temps, pour moi, de
déclarer forfait.

Viens, la mort, on va danser. Tu tiens déjà
par la main mes si jolies petites filles, Tiffany,
Garance et Sunshine la plus grande, celle qui
m'a laissé – un peu, trop peu – le temps de
l'aimer. Elles me regardent en souriant. Laisse-
moi entrer dans la ronde.

En sortant du cimetière, j'ai marché le long
de la falaise. Juste pour voir si j'allais tituber.
Et basculer dans le vide. Ça m'aurait tellement
arrangé de finir ainsi, sans l'avoir voulu, après
un long vol plané, comme la mouette. Tomber
comme une pierre. Ma tête est lourde en effet,
lourde et dure, elle me fait atrocement mal.
Cet étau qui enserre mon crâne me tue à petit
feu. Ses mâchoires se resserrent chaque minute
davantage, sans me laisser de répit à présent.

Tout à l'heure, la crise a été encore plus violente. Jamais je n'avais connu une telle douleur, le cerveau traversé par un arc électrique, zébré par des éclairs annonciateurs de tonnerre. Chaque fois j'attends l'explosion comme une délivrance. Mais elle ne vient pas. Nulle pluie d'orage pour laver la plaie. La cicatrice reste béante. Mais je ne la vois pas. Elle est dans ma tête. Et ma tête hurle de souffrance. Vite qu'on en finisse !

Première partie

JE m'appelle Victor Parker, comédien de profession. Byron a longtemps été mon héros. J'ai voulu m'identifier à lui parce qu'il était l'auteur d'un *Don Juan* qui me hantait. Il a quitté cette terre écorché, vilipendé, rejeté par les êtres qu'il avait cru aimer, abandonné des femmes qu'il avait trop souvent trompées. Il est mort épuisé, sans même avoir passé le cap de la quarantaine. Moi, j'ai déjà quinze ans de plus. Quinze ans de trop, quinze ans à me perdre, à consommer à l'excès, les femmes, les rôles, les émotions, à pousser les feux de ma vanité. Cent quatre-vingts longs mois, étirés comme des élastiques, dans l'espoir d'être propulsé à des altitudes que mon maigre talent ne me permettra jamais d'atteindre. Jamais je ne serai l'égal de Don Juan, le fils ultime, l'abou-

19

tissement de mon double. J'ai cru pourtant un jour y être parvenu. J'ai eu la certitude d'être Byron. Lord George Gordon Byron, poète immense et tragique, âme généreuse et vénéneuse.

Plus qu'un autre, il était aussi l'auteur de sa propre vie. Je ne suis qu'acteur de la mienne, infiniment plus médiocre. Si je me fustige ainsi, c'est que le dégoût de mon métier est allé grandissant d'année en année. Jouer n'a été qu'une pose ; sur scène, je n'ai jamais éprouvé ces transports, cette sainte folie qu'offre, dit-on, la vraie création. À chaque générale, à chaque sortie de film, je me suis complu dans le rôle de l'acteur habité par son personnage, bouleversé par son drame. « On n'en sort jamais indemne... » Combien de fois ai-je débité cette niaiserie, livrant en pâture ce corps et cette âme couturés de cicatrices ? Et comme les journalistes, à l'exception des plus novices, ne sont pas davantage dupes que moi, il me fallait en remettre, torturé mais pas trop, impudique mais intraitable sur ma vie privée.

Parfois, une jeune fille m'écoutait bouche bée. Son stylo restait en l'air et je m'impatientais de devoir répéter. Il arrive fréquemment que ces oies blanches aient des problèmes de magnétophone. Elles oublient de le brancher ou ne se fient qu'à leur fraîche mémoire. Elles retranscrivent donc tout de travers, ne citent jamais mes partenaires, l'auteur de la pièce ou le metteur en scène, et me fâchent avec tout le monde. Mais elles ont aussi leur charme. C'est quand elles ont leur petite bouche entrebâillée qu'il faut y passer l'hameçon et les ferrer. Il n'y a plus qu'à tirer. Mais, à la vingtième capture, quel mépris de soi...

Faudrait-il avoir le courage de leur dire que ce métier n'est qu'attente près de son téléphone, puis sur un plateau de tournage, qu'il n'est que bégaiements, une prise, cinq, dix, trente, parce qu'on est mauvais, que le réalisateur n'est pas sûr de lui, que le chef opérateur a été trahi par le soleil, ou un machiniste par sa négligence ?

Faudrait-il leur avouer qu'il n'y a rien de plus ridicule pour un homme que de se faire maquiller, poudrer, chouchouter comme un épagneul en vue d'un concours d'élégance ? Leur raconter ces cohortes empressées de coiffeurs, d'attachés de presse, d'agents de tout poil qui vous relèvent une mèche ou vous font ânonner une réplique toute faite ? Non, bien sûr, il ne faut pas briser le mythe, détruire les châteaux de sable. Il faut faire semblant d'y croire et d'y faire croire, oublier qu'une existence de comédien n'est qu'une suite de vies par procuration, celles que d'autres ont écrites pour vous, afin que vous fassiez le beau, l'intéressant, le douloureux.

Lisez-moi jusqu'au bout, mesdemoiselles. Du douloureux, en voici. La mort de deux petites filles innocentes. Le suicide d'une troisième. De la souffrance en étendard. Des larmes et du sang. Et l'imagination furieuse d'un cerveau malade...

DEPUIS l'enfance, je fais ce rêve étrange et obsédant : une errance dans un long corridor. Glacé, blanc, clinique. J'avance en hésitant, j'ouvre des portes. Je ne sais pas ce qu'il y a derrière. Toutes se ressemblent, symétriques les unes face aux autres, laquées, impeccablement propres. Ma main est ferme sur la poignée, j'ouvre d'un coup sec, avec un mouvement d'épaule, mais aujourd'hui encore je ne sais toujours pas ce qu'il y a derrière la porte. À chaque fois, le rêve reste imprécis.

Au matin, j'ai souvent le même pressentiment : ce sont des pans de ma vie que je m'apprête à explorer, mais cette vie-là se dérobe. Pour garder son mystère ? Elle ne veut pas de moi, pas de retour sur elle, pas de remords, de regrets, de nostalgie. Je suis interdit de regard, aveuglé par le néant d'où je viens, happé par celui où je vais en m'y précipitant, comme si la mort était plus douce quand on court se jeter dans ses bras, en la regardant fixement, les yeux dans les yeux.

C'est un caillou qui a tout grippé. Dans ma chaussure, au départ. Il m'a gêné puis fait boiter, marcher à côté de mes pas, jamais à l'aise en moi. J'ai trop souvent utilisé la métaphore pour mes entretiens de presse, j'ai fini par en être puni : le caillou m'a traversé le corps de part en part et s'est niché dans mon cerveau. Depuis, je souffre vraiment, pas pour la galerie. Quand je sors dévasté par une crise comme celle qui vient de me quitter, il n'y a personne pour m'applaudir au promenoir, à l'orchestre ou au balcon. Personne pour compatir et être ému.

J'ai gardé le souvenir, enfant, d'un gravier projeté dans mon œil, d'une cornée griffée, d'une douleur aiguë. Celle d'aujourd'hui est bien pire encore. Ce gravier n'était peut-être qu'un grain de sable, mais je l'imagine caillou, enkysté dans mon cerveau, roulant au fil de mes emportements trop fréquents.

Tout à l'heure, après le cimetière et ma pro-

menade le long de la falaise, le caillou s'est
déplacé d'un quart de millimètre. Et la sara-
bande a commencé. Comme souvent quand la
migraine s'annonce, je me réfugie dans la salle
de bains. Il y fait frais, je me déchausse, je pose
mes pieds nus sur le carrelage et m'assois sur
le rebord de la baignoire. J'essaie de ne pas
bouger, je me ferme aux bruits extérieurs, je ne
réponds plus au téléphone ni aux coups de
sonnette. Un après-midi, la femme de ménage
m'a découvert là, prostré, et m'a posé des questions que je n'entendais pas. Je lui ai adressé
un pauvre sourire, elle a fini par comprendre
qu'il valait mieux me laisser tranquille.

Quand la douleur s'installe, je dodeline légè-
rement de la tête pour l'endormir comme un
bébé. Mais elle ne se calme pas si vite. Un cachet,
puis deux, puis trois, fût-ce aux doses les plus fortes, n'ont plus raison d'elle. Pan de mur en ruine,
l'intérieur de mon crâne s'effrite puis s'effondre.
Les pierres rebondissent et s'entrechoquent, cela
ne veut pas s'arrêter, comme les volcans qui
vomissent leurs entrailles. Au centre de ma terre
à moi, tout n'est que fusion et confusion. La lave
me brûle, je pleure, grimace, je me déteste : un

acteur n'a pas le droit au laisser-aller, Dorian Gray ne doit pas vieillir. Un jour, j'ai fait l'effort de me redresser de quelques centimètres et de me contempler dans le miroir. J'étais hideux : un petit visage de Jivaro déformé par un rictus. Il faut aussi qu'elles sachent, les jolies demoiselles, ce que peut devenir un interprète sans public.

Mes crises dépassent rarement la demi-heure, mais, dans les mauvais jours, elles peuvent revenir toutes les trois heures. Jour et nuit. Elles me réveillent au son du tocsin et me reconduisent, irrémédiablement, à ces carreaux de faïence sur le rebord de ma baignoire. Je connais tout de leurs motifs chargés ; à les contempler, j'imagine mes nerfs embrouillés, écrasés sous le chaos de roches amoncelées dans ma tête, et j'attends. J'attends que le silence se fasse assourdissant et que retombe la poussière du fracas. L'intérieur de mon crâne est à vif, je le devine ; les particules en suspension l'irritent de toutes parts, mais la souffrance devient beaucoup plus supportable, annonciatrice de la fin de la crise. Je quitte alors la salle de bains, je me cale dans mon fauteuil de cuir craquelé comme la dure-mère de mon cerveau, et je m'abîme dans mes délires.

JE suis atteint d'une forme incurable de cancer du cerveau. On m'a bien proposé
d'extraire une des tumeurs par voie nasale, mais
on n'aurait éliminé que la plus bénigne des
deux affections qui campent confortablement
dans ma boîte crânienne. Elles y ont trouvé
refuge il y a une dizaine d'années, m'ont dit
les médecins, vraisemblablement à la suite d'un
violent choc affectif. Je vois très bien de quoi
il peut s'agir. Mais beaucoup moins l'utilité de
le raconter au corps médical.

Je sais que, depuis neuf ans presque jour
pour jour, ces petites bêtes se sont paresseuse-
ment installées dans mon auguste cervelle. Il y
fait chaud, parfois un peu trop, à force de penser et de ressasser.

Insidieusement, les petits crabes ont rampé,

sans déranger personne, sans attirer l'attention, puis ont dû se reposer pendant de longues années avant de commencer à engraisser et à se faire remarquer. Au début, j'ai pris leur bruyante intrusion pour de simples migraines, puis pour de plus désagréables céphalées. J'en ai imputé la cause aux lunettes que je portais depuis peu, ou à mes accès de colère, plus fréquents ces derniers temps. Mais il fallait en convenir, c'étaient mes maux de tête qui me rendaient irritable, pas l'inverse.

J'allai donc consulter. On me rassura en me prescrivant quelques médecines éprouvées pour ces symptômes somme toute banals. Je voulus me persuader que cela s'arrangeait ; cela ne fit qu'empirer. Je consultai à nouveau, ailleurs. Pour le principe, on m'ordonna des examens complémentaires qui ne donnèrent rien. On utilisa alors l'artillerie lourde : on m'installa la tête dans un épais caisson bourré d'électronique, on la scanna en la bombardant de toutes sortes de rayons ; il en ressortit quelques clichés noir et blanc avec, hélas, en deux endroits, plus de blanc que de noir.

Précautionneusement, on me parla de kystes,

puis de tumeurs, on me rappela gentiment les
frontières – assez floues, me dit-on – qui séparent le malin du bénin ; bref, on me prépara.
En quelques mots, je devinai, puis sus que
j'étais cancéreux.

Je ne suis pas un grand expansif. Je n'en ai
parlé à personne. Du moins pas tout de suite.

Je ne suis pas non plus un pessimiste invé-
téré. Je croyais à ma bonne étoile, m'imaginais
plus fort que tout le monde, et même que la
nature. Je me suis donc accommodé de mon
cancer et j'ai presque fini par l'oublier.

Ma vie était alors heureuse : j'aimais, on
m'aimait. Mais, un jour, on ne m'aima plus.
Je me torturai le cœur, puis les tripes, et enfin
le cerveau, ce qui, dans mon cas, était franchement peu recommandé.

Je revins alors à mes démons de jeunesse et
pensai au suicide. Après tout, je venais déjà
d'avaler un demi-siècle d'alcools forts, riches
en amours et en vies traversières, il était peut-
être temps de poser le sac avant qu'il ne soit
trop tard, et de finir comme un petit vieillard
rabougri.

À défaut de finir flétri, j'ai commencé chétif. Maladivement chétif. À ma naissance, à Londres, dix secondes à peine après avoir découvert le beau monde encore caché à mes yeux opaques de nouveau-né, et sans avoir pris la peine de humer l'air, j'ai essayé de pousser mon premier cri, comme font tous les bébés de la Création. Mais ce cri-là, qui se voulait mâle et assuré, est resté étouffé dans ma gorge : j'étais en train de m'étrangler avec mon cordon ombilical.

L'ai-je fait exprès ? Un demi-siècle plus tard, je me le demande. Il n'y a pas de hasard dans les suicides. Sans doute cet oisillon égaré serait-il bien resté quelques années de plus dans le ventre tout chaud de sa maman. Peut-être me suis-je dit qu'il n'y avait rien à espérer de cet univers d'adultes et que les criailleries de toutes ces femelles à mon chevet, ma mère, ma grand-mère et la sage-femme, ne laissaient rien présager de bon. Ma grand-mère Marie, déjà aimante et volubile, hurla : « Mon Jésus bleu vert jaune ! » J'étais en effet en train d'en voir de toutes les couleurs. J'avais bleui, puis pâli. Je me mourais. En toute hâte, la sage-femme dégagea le nœud coulant du cordon ombilical, appuya sur ma cage thoracique afin d'expulser les sécrétions qui gênaient mon larynx, me coupa la corde avec laquelle j'avais cherché à en finir et, sans autre forme de procès, me suspendit par les pieds pour me faire cracher mon venin. Tu as voulu te pendre, petit garnement, eh bien, regarde un peu le monde à l'envers, on va jouer à cochon pendu... Ça commençait bien.

ÇA n'allait pas mieux continuer. À l'âge de douze ans, au terme d'une enfance en creux tout entière repliée sur elle-même, comme un tronc d'arbre évidé où se réfugient les petits poucets peureux, je fus rattrapé par ma fragile constitution. En pleine croissance, alors que mon grand corps tentait de se frayer une place sous des épaules déjà voûtées, il s'étiola soudain et pâlit à vue d'œil comme à l'heure de ma naissance.

On me prescrivit des fortifiants, des petits granulés jaunes dont j'aimais le goût vanillé, on me donna à boire une infecte huile de foie de morue, ma mère cassa chaque matin d'un coup d'ongle une ampoule de liquide bizarre en guise de petit déjeuner, rien n'y fit. Je dépérissais chaque jour davantage.

Mes parents consultèrent, un médecin ordonna une prise de sang, on diagnostiqua une tuberculose, aggravée d'une sérieuse anémie. Sous la poussée violente des bacilles, mes globules blancs triomphaient, les rouges battaient en retraite. Il fallut interrompre mes études, plutôt bien parties. On m'expédia en Suisse, à la frontière du Liechtenstein, là où la montagne est recouverte de sapins sombres et sauvages, où les lacs sont glacés, en un lieu coupé du monde des vivants. Les fantômes qui le peuplaient me ressemblaient : silencieux, aux aguets. Ils avaient tous les âges, j'étais l'un des plus jeunes. Leurs yeux pétillaient, était-ce la fièvre, la rage de vivre ? Quelques-uns restaient sur le bord du chemin, on les enterrait très discrètement ; ceux qui s'en sortaient se sentaient invincibles, immortels. Je fus du nombre.

Quand je revins chez mes parents, à Bath, une ville d'eaux où les curistes me parurent soudain en pleine santé, j'étais plus fort que tout le monde. J'avais survécu et avais tant lu en huit mois que le tronc de mon arbre était plein de sève et mes branches, lourdes de livres. Je grandis sous leur ombrage.

Grâce à mes deux ouvrages de chevet au sanatorium, *La Montagne magique* et *Narcisse et Goldmund,* je me composai un univers dont les mal-portants étaient les rois. J'étais désormais en acier trempé. Ma cuirasse me permettrait d'affronter tous les dangers. Et ils ne m'épargnèrent pas.

Ce fut d'abord la séparation de mes parents. Je n'en souffris pas outre mesure, car le bruit de leurs disputes avait empoisonné mon enfance. Pourtant, mon père me manquait. Ma mère qui, depuis son départ, le vouait chaque jour aux flammes de l'enfer pour manquer à tous ses devoirs d'époux et de parent, avait reporté sur moi tous ses espoirs et sa fierté. Je m'empressai de la décevoir presque en tous points : je détestais son goût immodéré pour la religion, son caractère autoritaire, sa propension à la tragédie tout autant que la course à l'excellence qu'elle tentait de m'inculquer. L'image qu'elle me donnait des femmes – irritables, possessives, confites en dévotion et facilement pleureuses – fit naître en moi l'envie de les soumettre plutôt que de les aimer, encore moins de les plaindre.

34

À la mort de ma grand-mère Marie, chez qui j'avais souvent cherché refuge, j'ai fui cet univers trop féminin et étouffant. Un enfant qui juge ses parents se fabrique une idée du monde égoïste et dure, et apprend, ce fut mon cas, à se taire. Ou à se livrer le moins possible.

Personne ne sut plus rien de moi. Je voulus même faire oublier que j'avais été malade. Je devins un athlète accompli, ne manquant jamais un match de cricket où je faisais souvent gagner mon équipe, je musclais mon dos grâce à l'aviron, je montais à cheval par tous les temps et, surtout, je n'aimais rien tant que plonger et nager : peut-être le contact de l'eau, qui m'immergeait dans l'univers amniotique d'avant ma naissance, me redonnait-il de l'assurance et la liberté absolue à laquelle, dorénavant, je prétendais. Seul dans les flots, plus rien ne pouvait m'atteindre, sauf ma propre faiblesse. C'est ainsi que j'appris à mépriser toute autorité.

Désormais bardé de protections quasi magiques grâce à toutes ces épreuves surmontées, j'avançai à grands pas dans la vie. Je rattrapai à l'école le temps perdu, sautai même une classe et passai mon diplôme de fin d'études avec presque deux ans d'avance.

Encouragé par ces succès inattendus, je me jaugeai différemment et m'aperçus que mes épaules avaient forci, que mon torse avait belle allure et que les femmes me regardaient d'un autre œil. Elles ne se contentaient plus de scruter mon regard, que l'on disait franc mais difficile à soutenir, elles m'observaient dorénavant par-derrière. Le dos, les fesses, les cuisses, tout semblait leur plaire.

Une nuit d'été, sur une plage de Cornouailles, une jeune fleuriste s'offrit à moi. Elle fit tout pour me mettre à l'aise, retira gentiment son jean et se glaça les fesses sur le sable humide pour me donner un peu de plaisir. Je me frottai à elle sans trop savoir ce que je cherchais ni où trouver ce fameux orgasme dont j'avais vaguement entendu parler. Trop vite excité, je me déchargeai de quelques jets de liqueur sur son ventre, elle ne parut pas plus surprise que cela et, sous la lune, nous attendîmes sans mot dire que s'apaisent nos émois.

C'était la première fois que je possédais une femme et je n'avais pas su comment m'y prendre. Pourtant, elle n'avait pas semblé m'en vouloir, peut-être parce que je n'avais pas été brutal. « Tu es doux », m'avait-elle dit. Plus tard, d'autres me le répéteraient, sans me reprocher de ne pas les avoir fait crier de plaisir. Au fond, ce que j'aimais dans l'acte d'amour, et ce que j'aime depuis, c'est cela : embrasser une femme, la tenir dans mes bras, lui signifier ma protection en échange de sa tendresse. Le reste n'a que peu d'importance, un peu de frénésie au bout d'un membre, quelques mots crus pour se croire libéré, deux ou trois roueries de technicien pour provoquer la jouissance de l'autre.

Pour moi, l'ivresse du bonheur, c'est le deviner derrière les nuages, au-delà des montagnes. J'ai alors envie de les gravir, sans fatigue, en sachant qu'au bout du chemin il y a encore une vallée, qu'il faudra redescendre avant de remonter, l'œil fixé sur un inaccessible ailleurs. J'aime les horizons qui se dérobent, j'aime l'amour quand il scintille et qu'on le poursuit en vain. J'aime cette idée du chasseur de papillons qui n'emprisonnera jamais ses trésors mais qui y croit encore. J'aime l'impalpable, la quête du bonheur plus que le bonheur lui-même. C'est en tout cas ce que je croyais ressentir avant que le mal ne me rattrape en me rendant étranger à moi-même. Jusqu'alors, la plupart de mes amoureuses me disaient que je n'avais pas les pieds sur terre et que ce goût de l'absolu n'était qu'un jeu. Deux d'entre elles me quittèrent parce qu'elles s'en étaient lassées. C'étaient elles que j'avais le plus aimées. Et je vous jure que je ne jouais pas.

L'AMOUR, j'en aurai décliné bien des nuances depuis l'adolescence. Et je ne m'en suis jamais lassé. J'ai tout essayé, ou presque, avec toujours l'idée ou le désir violent de cette inaccessible vallée, derrière la montagne, de plus en plus loin.

À seize ans, riche de ma seule expérience avec la petite fleuriste, je rencontrai une jeune Écossaise qui s'intéressa à ce jeune homme désormais un peu plus assuré. Elle m'aima, je me crus amoureux. Elle m'initia au plaisir de l'amour, tout juste entrevu sur la plage de Cornouailles, et me fit un enfant sans trop m'en informer. Comme elle avait quatre ans de plus que moi, l'affaire provoqua un scandale. Son grand-père, un vieux lord retiré dans un château des Highlands, la déshérita. Elle ne protesta pas. Nous continuâmes à nous voir en pointillé, quand je pouvais m'échapper du collège où j'étais enfermé. Mais, lorsque naquit Alexis, notre fils, Patricia, sitôt sortie de clinique, le prit sous son bras, partit pour Édimbourg et ne revint plus.

Je n'avais pas eu le temps de m'attacher. Ni à la mère, ni au nourrisson. À mes yeux, tous les bébés se ressemblaient et leurs petites têtes chiffonnées n'étaient guère engageantes. Pourtant j'éprouvais une singulière fierté à l'idée d'avoir été père si jeune. Je ne savais pas encore que je n'allais jamais revoir cet enfant.

CE petit Alexis, désormais perdu dans les brumes d'Écosse, avait eu comme premier mérite de rendre sa mère heureuse, et comme second, d'aider son père à exister aux yeux des autres.

Galvanisé par ma paternité, je décidai de me donner les moyens de courir le monde. Je m'imaginais diplomate, alangui dans quelque comptoir de l'Empire britannique, écrivant des chefs-d'œuvre entre deux doubles whiskies. Mon meilleur ami, Digby, que j'avais rencontré sur les rives du lac suisse où je soignais mes poumons et qui depuis ne m'avait plus quitté, s'était inscrit à la London School of Economics en vue d'intégrer la filière du Foreign Office ; je fis de même. Et comme je n'étais pas près de rejoindre l'une de ces ambassades chères aux héros de Somerset Maugham, je me dépêchai d'écrire mon chef-d'œuvre le soir, dans ma chambrette de l'université, tout au long d'un hiver pluvieux. Digby, pendant ce temps-là, dormait. Il perdait déjà du terrain.

Le roman terminé, je le mis dans un tiroir, entre deux polycopiés, et l'oubliai, comme mon fils Alexis. Un livre, un enfant, un diplôme, je me sentais prêt à toutes les audaces, tous les défis, persuadé de ma bonne étoile, à défaut de mon génie.

PAR impatience et presque en tous domaines, je me lassais rapidement. Je me fatiguai donc de la diplomatie comme de la littérature. Les langues orientales que je m'évertuais à apprendre, hindi et pachtou, avec l'espoir de briller un jour sur d'autres continents, ne me serviraient probablement à rien et l'art des courbettes m'était étranger. Très vite, la discipline nécessaire à tout bon sujet de Sa Majesté, comme le sens harmonieux de la hiérarchie inculqué par le Foreign Office, me devint odieuse. Je ruais dans les brancards, m'opposais à des professeurs soucieux de distinctions et de titres de gloire. En troisième année, le Conseil m'adressa un blâme pour insolence et manque d'assiduité. Il instruisit mon procès et allait me renvoyer lorsque je devançai la sanction. Ce métier n'était pas pour moi. Je le laissai à Digby qui, déjà maté par le gin-tonic de 19 heures, se coulait lentement dans le moule.

J'en profitai pour prendre davantage de distance avec ma mère qui m'infligeait ses plaintes et ses récriminations à chacune de mes visites. En dépit de mon jeune âge, de ma compassion pour sa solitude de femme délaissée et de l'amour qu'elle me portait, je voulus m'éloigner d'elle autant que possible. Et comme je rêvais de quitter cette île lugubre engoncée dans ses préjugés, je décidai, pour payer mes études à l'École des Sciences économiques et politiques, de m'adonner à deux penchants exaltants et parfois lucratifs : les voyages et l'amour.

Les voyages me furent assurés par la Compagnie des wagons-lits Cook, qui le week-end employait quelques étudiants sur la ligne mythique Londres-Venise. Départ le vendredi à 16 heures de Waterloo Station. Traversée à Douvres une heure plus tard sur un ferry transbordeur vers Calais. Arrivée à Paris à 21 heures. Nouveau départ une demi-heure plus tard sans arrêt jusqu'à Venise, où le train couleur bleu nuit entrait le samedi matin à 11 heures. Chaque conducteur – conducteur et non contrôleur, s'il vous plaît – avait en charge deux wagons. Il s'agissait de s'occuper des menus plaisirs de ces messieurs-dames et d'alimenter en charbon les chaudières de la rame, sous peine de voir geler canalisations et usagers. La fée électricité, en ces temps reculés, n'avait pas encore exercé sa grâce sur les Chemins de fer britanniques. L'employé s'allongeait, plus qu'il ne dormait, sur un bat-flanc de bois dans le couloir et devait constamment garder l'œil ouvert sur un tableau antique, pareil à ceux des offices des cuisines royales, où pouvait à tout moment s'afficher l'ordre lumineux d'un passager.

Il m'arrivait d'aller au-devant des désirs de quelques clientes, et même de participer aux ébats d'un couple en mal d'épices. Je pus ainsi raconter un jour à mes amis que j'avais rencontré la Madone des sleepings, mais la vérité m'oblige à dire que, le plus souvent, je m'ennuyais à mourir pour glaner les pourboires incertains de clients assez pingres.

Je garde pourtant le souvenir encore vif de

ces vendredis après-midi où, en uniforme à côté du marchepied, j'accueillais la clientèle avec une seule idée en tête : laquelle de ces passagères me sonnerait au milieu de la nuit pour assouvir ses fantasmes de bourgeoise dévergondée, ou viendrait me débusquer dans mon réduit en queue de wagon ? Aurais-je envie de lui céder ?

Oui, bien sûr. Chacune d'elles, sans que j'y laisse la moindre parcelle de mon cœur, perfectionnait ainsi mon éducation. Elles me permirent de devenir sûr de moi et de mon charme en toutes circonstances, mais ma récompense était ailleurs, au bout de la ligne : Venise, capitale de toutes les grâces et de tous les péchés. Je ne disposais que de dix heures le samedi pour visiter la Cité des Doges. Au crépuscule, il fallait revêtir l'uniforme et repartir. Mais ces dix heures étaient chaque semaine un nouvel enchantement. Lentement, méthodiquement, d'octobre à mai, au cœur de mes traversées ferroviaires, j'arpentais rues, ruelles, places, et sillonnais les canaux en arrondissant chaque fois davantage les cercles que je traçais à partir de la place Saint-Marc. En janvier, je me sentis prêt pour Murano, Torcello, le Cimetière, toutes les îles de la lagune. Et en mars, je me risquai jusqu'au Lido que je ne pouvais dissocier de Thomas Mann, mon compagnon de sanatorium.

Tout au long de ces errances riches en découvertes et conquêtes, une présence ne cessait de m'accompagner. Mystérieuse, et parfois si proche. Mais j'étais incapable de la nommer, elle m'échappait dès que je pensais l'atteindre. Je ne savais pas encore qu'il s'agissait de Byron.

L E premier trouble qu'il provoqua en moi naquit dans l'Orient-Express. En espérant l'appel d'une de mes douces voyageuses, je lisais un opuscule que lui avait consacré Tomasi de Lampedusa, l'auteur du *Guépard*. J'y appris qu'un jour de 1819, le grand Schopenhauer avait été ébloui – et effrayé – par le puissant et singulier attrait que Byron exerçait sur les femmes dont il croisait le regard : « Nous nous promenions sur les plages du Lido, Alina et moi, lorsque nous entendîmes derrière nous le trot de deux chevaux. Nous nous écartâmes et Lord Byron passa devant nous avec un ami. L'incroyable beauté de sa personne, le regard pénétrant et voluptueux qu'il lança sur Alina, l'effet visible que ce regard eut sur ma jeune amie me firent comprendre que la trahison était déjà potentiellement sûre. Le lendemain matin, je jugeai donc plus prudent de chercher refuge à Padoue. »

Et pourtant, le grand philosophe allemand qui venait d'écrire son œuvre maîtresse, *Le Monde comme volonté et comme représentation*, brûlait de faire la connaissance de George Byron. Il avait son âge, trente-deux ans. Goethe lui avait remis une lettre de recommandation à l'attention du poète romantique qui, déjà, fascinait l'Europe entière. C'est cet homme, tremblant de peur, qui ce jour-là avait fui sur la promenade du Lido. Parce qu'il avait croisé la route d'un être irrésistible. Et maléfique.

Cette nuit-là, je me souviens d'avoir décidé d'être guépard à mon tour, et d'apprivoiser Byron.

C'EST au Lido que nos destins se recroisèrent. Cent cinquante ans plus tôt, Schopenhauer y avait rencontré Byron. Thomas Mann, un siècle après, y avait décrit pour l'éternité la décrépitude, le pourrissement des corps et des eaux, l'odeur de la mort qui rôde, et moi, j'osais marcher dans leurs traces sur cette plage. Le hasard voulut qu'on y tournât justement *Mort à Venise*, d'après cette nouvelle que j'avais tant aimée en Suisse. Certains de mes amis des wagons-lits n'avaient d'yeux que pour l'éphèbe troublant qui jouait le rôle de Tadzio, d'autres dévoraient du regard la comtesse et sa fille, d'autres encore attendaient des heures un autographe de Visconti ou de Dirk Bogarde. Je préférais observer le clapotis argenté des vaguelettes qui venaient mourir sur la lagune. De temps à autre, un figurant en maillot rayé jusqu'à mi-cuisses s'en approchait pour s'y tremper, les figurantes étaient plus sages – juste un pied dans l'eau – et plus coquines – un œil en coin vers notre petite cour de princes des sleepings.

L'une d'entre elles attira mon regard. Elle ne détourna pas le sien. J'allai vers elle en la fixant. Elle ne baissa pas les yeux. Je parcourus sur le sable les cent mètres qui nous séparaient, sans me soucier de mes amis ni des siens, comme un cheval de feu. Je la pris par le poignet et lui fis signe de me suivre. Elle obtempéra. Je glissai mon bras autour de sa taille. J'étais sûr que la plage entière nous regardait. Nous nous arrêtâmes devant l'avant-dernière cabine de bain que les décorateurs du film n'avaient même pas eu besoin de remettre au goût de l'époque. Rien n'avait changé depuis le début du siècle. Si. Les mœurs des demoiselles. On sortait tout juste des révoltes étudiantes de Mai 68 partout en Europe. C'est elle qui poussa la porte ajourée d'un cœur en son centre. Je la suivis. Elle s'assit sur une table pliante et remonta sa robe à volants. Elle ne me quittait pas des yeux. Ils étaient en amande, mordorés et à demi clos. Je m'approchai d'elle et lui mis la main entre les cuisses. Elle les serra et ferma les paupières. Elle jeta sa gorge en arrière et se laissa prendre comme une fille, comme une reine. Nous n'échangeâmes pas un mot. Je ne sus pas son prénom. En quittant la cabine de bain avant moi, elle me dit simplement : « Grazie. » Je jurerais que l'Alina de Schopenhauer lui ressemblait.

Lorsque je sortis à mon tour et que je rejoignis mes compagnons des wagons-lits, j'eus l'impression que le tournage de *Mort à Venise* s'était interrompu pour m'attendre. Ou qu'une caméra me suivait sur les planches jetées sur le sable. Je levai la tête. On m'observait en effet. Je ne pus recroiser le regard de ma mystérieuse figurante.

Mes camarades semblaient admiratifs, mais personne ne fit de commentaire. C'est alors que l'un d'eux me raconta l'histoire d'un homme à peine plus âgé que nous qui, un jour de 1817, avait parcouru à la nage les six kilomètres qui séparent le palais Guiccioli, sur le Grand Canal, de la plage du Lido. Je lui

demandai comment s'appelait ce jeune dau-
phin, que les Vénitiens surnommaient à
l'époque le « poisson anglais » ou le « diable
marin », on me renvoya encore le nom magnifique de Byron. Il s'accouplait à moi, comme
l'ombre d'un jumeau.

Jusqu'alors, je n'avais pas d'opinion bien
précise sur ce Byron. Comme tous les petits
écoliers de la Couronne britannique, j'avais
appris des passages entiers des chants de *Childe
Harold*, les avais régurgités devant mes professeurs sans les comprendre et n'en avais stricte-
ment rien retenu quelques années plus tard.
Avais-je seulement lu *Don Juan* ? Pas celui-là.
Et *Sardanapale* m'avait royalement ennuyé.

Voilà donc que ce jeune lord, incarnation
d'un romantisme souffreteux, qu'on disait boi-
teux et que je croyais rachitique, savait nager...
Et qu'il s'était mû, trois heures durant, dans
ces eaux qui servaient aussi de vaste collecteur
d'égouts à la Cité des Doges. Comment
s'habillait-on alors pour nager ? Dans ces costumes désuets de *Mort à Venise* ? Comment
fait-on quand on est affligé d'un pied bot ?
Aimait-il comme moi cette immersion dans

l'élément liquide, ce lent glissement vers le plaisir ? Soudain, George Gordon Byron me devenait franchement sympathique.

Ma passion pour l'eau, née sur les rives du Léman et renforcée dans les lacs écossais, ne m'a jamais quitté. En quelque endroit du monde, en quelque saison que ce soit, par n'importe quelle température, il fallait que je plonge. Ma tête s'échauffait vite. Les idées s'y chevauchaient, les sentiments s'y excitaient, les contradictions s'y affrontaient, les lectures y creusaient d'étranges continents, tout cela provoquait sous mon crâne un capharnaüm qui le transformait en four incandescent. Il me fallait régulièrement le refroidir.

Ce n'était pas le seul bienfait de ces bains fréquents. J'avais maintenant le sentiment que l'eau me bénissait. Quand j'en sortais ruisselant, je songeais à Jean Baptiste, au Jourdain, à cette renaissance immaculée. Je revoyais aussi la petite sirène des contes de mon enfance. J'aimais alors me replonger, nager et nager encore jusqu'à éprouver une jouissance animale. J'aimais aussi les frayeurs que je m'inventais et dont je jouais, pour une crampe au mollet, un simple point de côté. Et si je coulais ? Combien de temps résisterais-je ? Vers quels abîmes serais-je aspiré ? De quelles créatures dantesques étaient peuplés les fonds des océans ? Qui m'observait d'en bas ?

Après avoir chéri, adolescent, cette phrase d'Aleksandr Blok : « Je n'aime que l'art, les enfants et la mort », je me mis à adopter ce choix d'un grand éditeur français : « les bains de mer, les femmes, les livres ». Oui, dans cet ordre-là. Dans les bons jours, les femmes passaient en premier. Pour les livres, ce serait beaucoup plus tard. Grâce encore à Byron.

S UR le bord de la plage du Lido, tout en contemplant les assistants de Luchino Visconti qui tenaient la foule à distance pour éviter toute irruption dans le champ de ses caméras, je devisais avec mon compagnon d'uniforme, Alan Wilthian. Homosexuel, il se sentait très attiré par le jeune acteur qui jouait Tadzio. Il n'avait pour moi qu'une amitié sincère, d'aîné à cadet. Et comme il était très cultivé pour son âge, il m'apprit beaucoup cet après-midi-là.

Il me raconta que, pendant ses études à Cambridge, Byron avait eu au Trinity College deux amis qu'il garda jusqu'à la mort : Hobhouse, qui eut le sinistre privilège d'identifier son corps lors de son retour à Londres, et Matthews, dont la fin fut presque aussi tragique que la sienne : il mourut noyé dans la Cam, là où allaient s'entraîner les équipes qui, pendant des siècles, défièrent à l'aviron celles de leur grand rival Oxford. Vaincu par les hautes herbes aquatiques, il s'était débattu en vain pendant de longues secondes avant de suffoquer. Or, depuis longtemps, son ami George ne cessait de critiquer sa façon de nager. « Vous nagez mal, Matthews, lui avait-il dit devant témoins. Si vous continuez à tenir votre tête aussi haut, vous vous noierez. »

Quelques années plus tard, Byron avait pareillement fustigé son grand ami Shelley. Il lui donna même des leçons de natation. Ce fut peine perdue. En juillet 1822, Percy Shelley mourut au cours d'une tempête, noyé au large de Viareggio, après le naufrage de son bateau l'*Ariel*, que Byron rebaptisa *Don Juan*. Un mois plus tard, la mer rendit son corps, à demi dévoré par les poissons. Byron, Trelawny et Leigh Hunt édifièrent sur la plage un bûcher funéraire, y installèrent le poète et allumèrent le feu. Trelawny contempla longuement le cerveau de Shelley « bouillonner comme dans un chaudron », son crâne exploser sous les flammes, son corps se consumer. Il en sauva le cœur, intact, et le conserva dans de l'alcool. Mary Shelley le lui demanda par la suite, en vain.

Que fit Byron lorsque les flammes commencèrent à lécher le corps de Shelley ? Il se dit « rassasié d'horreur », se déshabilla et courut vers la mer pour aller nager, comme un fou... « Mon cerveau est en train de cuire, dit-il à son tour, comme celui de Shelley sur son grill. »

C'est ce même halluciné qui, deux années plus tard, allait à son tour mourir à trente-sept ans dans un port grec et accomplir son dernier voyage, cinq semaines durant, dans une barrique de huit cents litres d'alcool calée sur le pont du *Florida*, voguant sur les eaux de la Méditerranée, de l'Atlantique, puis de la Manche. Entre deux eaux, comme de son vivant.

En cet après-midi de mars, l'imagination débordante et les sens aiguisés par les ballets des figurantes, j'eus besoin une fois de plus de me rafraîchir le corps et les idées.

Alan m'ayant abandonné pour partir à la recherche de Tadzio, je m'éloignai de la rive en quelques brasses énergiques, et j'eus soudain l'idée de refaire, en sens inverse, le parcours accompli par Byron en son temps. Après tout, je n'étais pas infirme comme lui et l'entreprise ne me semblait pas hors de portée. Machinalement, je me dirigeai vers l'aéroport Nicelli, prêt à rejoindre la place Saint-Marc par la lagune.

Mais, une fois dépassés l'hôpital marin et les premières jetées, alors que les cabines de plage n'étaient plus guère visibles, la vanité de mon entreprise m'apparut. Le monde de Byron n'était plus. Un siècle et demi s'était écoulé depuis son exploit. La qualité des eaux ne s'était pas améliorée. Et les avirons avaient disparu au profit d'une nuée menaçante de vaporetti, taxis et autres hors-bord.

Je me sentis pris au piège. Au loin, des gerbes d'écume m'avertissaient que les eaux n'étaient plus sûres. Je n'en continuai pas moins à allonger mes mouvements pour gagner l'un de ces pieux qui balisent le chenal des bateaux à moteur. Le souffle court, je cherchai à reprendre haleine en m'accrochant au premier que j'atteignis, mais sa consistance visqueuse m'en empêcha. Les herbes folles qui avaient été fatales à l'ami de Byron y pullulaient. Je me dégageai donc du pied et je fis un brusque mouvement de côté qui me repoussa face à la rive. En me redressant pour passer une main sur mes jambes et vérifier que rien ne risquait d'entraver mes mouvements, je distinguai une fumée dans le ciel.

Ce que je ressentis alors n'avait plus rien de commun avec ces frayeurs contrôlées qui accompagnaient si souvent mes escapades nautiques. J'avais la sensation d'avoir voulu défier Byron, rivaliser avec lui ; il me le faisait payer.

Il avait déjà pareillement vaincu le chevalier Mengaldo Di Bassano qui avait voulu se mesurer à lui entre le Lido et le Grand Canal. L'homme s'était vanté d'avoir traversé le Danube et la Berezina sous les balles. Épuisé par le froid et la pestilence des eaux, il avait abandonné sous le pont du Rialto.

Autour de moi, l'Adriatique était resplendissant, le ciel limpide, comme pour parer de majesté ma fin qui approchait. Sous cette colonne de fumée – peut-être un simple feu de broussailles – brûlait mon bûcher, mes compagnons des wagons-lits allaient y déposer mon cadavre déformé, lorsque la mer me rejetterait sur la grève. Comme l'avaient fait Byron, Trelawny et Hunt pour leur malheureux ami.

J'eus froid soudain, un froid que rien ne pouvait apaiser. Il paralysait mes membres, m'engourdissait peu à peu. Plus Shelley que Byron, j'avais cessé de lutter et me résignais à mourir. Les courants allaient m'entraîner au large, mon corps disparaître peut-être à jamais.

J'allais sombrer lorsqu'un frisson d'écume,

devant moi, me donna à penser qu'on venait à mon secours. Peut-être le fantôme de Byron, nageant « rassasié d'horreur », lorsque les flammes avaient commencé à lécher le cadavre de son frère d'écriture.

Ce jour-là, je compris que mon héros était sorti des livres de ma bibliothèque. Il était devenu mon génie, malin certes, mais il m'avait donné le choix entre vivre et mourir. C'était lui qui m'avait entraîné au large avant de me ramener au sec, et c'était à travers lui que se décidait mon destin.

À vingt ans, la mort ne me tentait pas encore. Byron me donna donc la force de nager à nouveau, avec vigueur. Je regagnai la grève et remontai lentement le long des plages. Fier parce que immortel. Devant les cabines rayées, les équipes de Visconti s'affairaient toujours et Alan m'attendait. Il était temps de rejoindre la gare de Santa Lucia. Fini de jouer. À Byron, à *Mort à Venise*. Retour au Don Juan des sleepings. Les passagères du train de nuit veulent des aventures fortes.

DE cette petite mort à Venise date mon changement de cap. Le Trinity College et sa lourde porte fortifiée, son architecture gothique, le silence de sa cathédrale et de sa bibliothèque passèrent au second plan, tout comme les wagons-lits. Pour gagner ma vie, la figuration remplaça les chemins de fer.

Le hasard m'avait permis de revoir la jeune comédienne qui m'avait choisi pour proie dans la cabine du Lido. Je connaissais désormais son prénom, Teresa, et je partageais sa passion pour la poésie. Elle me récita en anglais des strophes entières de Yeats, de Coleridge, de Byron et de Rupert Brooke. Elle se dénuda pour moi dans une chambre de l'Excelsior ; je la trouvais belle à se damner. Et c'est elle qui me fit engager, un après-midi, pour une interminable scène de restaurant. Grâce à Teresa, je découvris le cinéma. Et le cinéma, qui trouva mon physique et mon verbe à son goût, bientôt me redemanda.

Il y eut d'autres Teresa... Mes voyages en compagnie de jeunes filles en fleur étaient désormais immobiles, mais tout aussi emplis de pulsions et de jouissances dérobées. Nous trichions, elles et moi, mais nous le savions. On triche toujours au cinéma. Nous trichions comme trichaient les passagères des sleepings. Dans le cahotement des boggies, c'est leur jeunesse qu'elles recherchaient ; à l'abri des décors ou derrière les rangées de costumes, c'est notre avenir que nous consumions.

Plus tard, beaucoup plus tard, je compris que tout avait brûlé trop vite. Par les deux bouts de la chandelle, me disait-on déjà à l'aube de l'âge adulte. J'ai pris goût à ce feu. C'était celui qui, déjà, avait incendié Byron.

J'AI passé ma vie à fuir. Les rendez-vous, les clins d'œil du destin, les histoires d'amour aussi. Longtemps, la compagnie des femmes m'aida à m'étourdir, mais elle ne me suffisait pas. L'idée même d'une carrière, de la Carrière, comme l'on disait au Foreign Office, celle dont ma mère avait tant rêvé pour moi, m'était devenue insupportable. J'affichais si peu de dispositions pour la hiérarchie, pour la souplesse d'échine, que je fis très vite mon deuil de l'espoir d'une prestigieuse ambassade et même d'un réduit perdu où écrire mon improbable chef-d'œuvre. En renonçant à me présenter au Concours d'Orient qui avait enflammé mon imagination, je laissais mon ami Digby relever pour moi le flambeau.

Ma vie était désormais ailleurs. Ma mère,

qui ne cessait de me reprocher d'être le fils de mon père – Vous avez, comme lui, un penchant pour le mal, me disait-elle –, m'avait définitivement coupé les vivres. Pour subvenir à mes dépenses et à l'entretien de quelques jolies maîtresses, le cinéma me servit de manne. J'enchaînai les tournages, j'accumulai les expériences sur toutes sortes de films, anglais ou américains, nobles ou moins glorieux. Je côtoyai le petit peuple des figurants, âpres au gain, sachant déployer des trésors d'imagination pour voler un centimètre carré sur l'écran et raconter ensuite « leur » scène avec Laurence Olivier ou Peter O'Toole. Corporation rusée, jalouse de ses privilèges, monnayant comme autant de trésors les tuyaux qui permettent de rebondir de film en film grâce à différentes combines ou relations. L'espoir du figurant, c'est de devenir un jour « acteur de complément », Himalaya dérisoire quand on songe que ledit complément consiste à prononcer au minimum une phrase dans la journée, parfois même un seul mot, voire aucun.

Rebuté par cette société tâcheronne qui vit par procuration et tente de maquiller les rêves perdus des comédiens ratés, j'étais, en revanche, attiré par le monde des acteurs. Je me liai à quelques-uns, j'eus des aventures avec quelques-unes ; tous me conseillèrent de quitter au plus tôt cette impasse de la figuration pour aller suivre des cours à l'Old Vic Theater.

Je travaillai dur six soirs sur sept. Mes nouveaux compagnons n'étaient pas moins assidus. Je croisai des Ophélie échevelées, des Roi Lear habités, des Richard III tourmentés. Je découvris des jeunes gens passionnés colportant avec rage des blessures de plus en plus béantes, à mesure que leurs rôles leur révélaient leurs failles. Tout juste sortis de l'adolescence, ils masquaient leur mal-être derrière d'impeccables postures savamment étudiées pour n'offrir au monde extérieur que le visage de sa représentation. Traduire. Interpréter. Trahir. Prêter.

À peine échappés des coulisses du théâtre, débarrassés de tout fard, ces apprentis comédiens étaient renvoyés à eux-mêmes, brinquebalés dans un monde qui ne leur convenait guère et les tenait à distance, eux les dégénérés, les dépenaillés, les dépravés. Il est vrai qu'en ce temps leurs mœurs étaient légères et qu'ils s'accouplaient volontiers entre eux le temps d'un tournage ou d'une répétition. Leurs cœurs écorchés se réchauffaient l'un à l'autre, ils se glaçaient lorsque arrivait la fin de l'aventure collective. La famille qu'ils composaient se disloquait dès la fête de fin de tournage ou au terme de la dernière représentation. Plus jamais elle ne renaîtrait avec les mêmes. D'autres prendraient leur place, d'autres coucheraient ensemble pour se croire moins funambules, plus immortels.

J'aimais ces intermittences du cœur, je me glissais entre les draps de demoiselles fragiles, m'y laissais parfois emprisonner, mais en ressortais toujours plus ardent.

PLUS encore que les êtres éphémères qui peuplaient mon nouvel univers, j'aimais surtout le jeu de l'acteur. Et les miroirs. J'avais l'impression de retrouver le monde de mon enfance peuplé de livres et de songes, où tout était possible pour peu qu'on eût le cœur vaillant. Sauf le médiocre.

Rien, en effet, ne semblait interdit aux acteurs que je côtoyais. Ni les paradis artificiels dont ils abusaient – qui ne revenait pas de Katmandou sur un lit d'herbe, qui n'avait pas tâté du LSD dans Ashburry Street ? – ni les rôles de minables, de salauds, de pervers, bref, ce dont chacun rêve ne serait-ce qu'une minute.

Et puis, il y avait le regard de l'autre...

N'ayant pas été distingué dans l'enfance,

mal aimé des miens, trop sauvage, je me vengeais de cet anonymat, de ce déni injuste. J'attirais désormais à moi la lumière, la belle, la crue, et pouvais même la diffuser suffisamment pour voir briller l'œil d'autrui. Dans la pénombre d'un petit théâtre, les premiers rangs jetaient souvent ces éclairs attentifs : je voulais y voir de l'admiration plus que de la curiosité et, chez les femmes, du désir plus que de l'intérêt. Le public me livrait le cadeau de sa présence, je lui offrais en retour ce qui brûlait mes entrailles. Certains soirs, l'osmose était exceptionnelle. De part et d'autre de la scène, chacun se faisait l'amour.

Comme dans un lupanar, un féerique jeu de glaces permettait au plus humble de se mirer dans le regard qui lui faisait face. Je me mis à aimer les miroirs. Petit garçon, je me savais squelettique. Au sanatorium, j'étais décharné ; de mon torse, je n'avais gardé que le souvenir de côtes apparentes et d'un sternum très creusé. J'avais alors cessé de me regarder dans la glace comme de me peser. Vingt ans plus tard, je me considérais à nouveau et, pourquoi ne pas le dire, sans déplaisir. Dorian Gray me faisait de l'œil, et avec lui, tous les dandys du XIXᵉ.

Pendant ces longues tournées qui me permirent de découvrir le moindre bourg du Sussex, du Devon et de Cornouailles, on me parla souvent de Byron. Je jouais alors *Six personnages en quête d'auteur*, en alternance avec *Le Gardien* de Pinter, et le metteur en scène rêvait de pouvoir enfin monter un drame oublié du poète maudit.

Encouragé, galvanisé même par ma première rencontre avec le lord nageur sur la plage du Lido, je me mis à travailler ses textes. Et à fouiller la vie du sulfureux Byron, dont j'étais encore loin de tout connaître.

COMME lui, toute mon existence, dès l'enfance, avait été gouvernée par les femmes. La faute sans doute au père absent, à la grand-mère gâteau. Je les aimais, à ma manière : plutôt respectueuse. Timide, terriblement sauvage même lors de ma crise d'adolescence, j'avais beaucoup observé mes congénères mâles et les avais jugés brutaux, sans finesse dans leurs rapports avec les dames. Sexe faible, disaient-ils. Il n'était qu'à voir leur maladresse, leur gaucherie face à cette espèce étrangère, pour se persuader que la force n'était pas toujours là où on la situait.

De cette longue observation, exempte à l'époque de tous travaux pratiques, je tirai quelques enseignements que j'allais mettre à profit. Le premier d'entre eux était que chaque femme est singulière et veut être considérée comme telle. Je ne parlais jamais d'elles « en général », elles appréciaient. Le second était qu'il fallait les empoigner comme des bibelots rares, pas trop brusquement de peur de les casser, ni trop mollement pour ne pas les laisser retomber. Et ne jamais laisser de traces...

J'avais aussi appris à les regarder droit dans les yeux, pour lire en leur fond des vérités que leur bouche ne laissait pas passer. Étrangement, ma timidité m'entraîna en la matière à des audaces dont je ne me serais jamais cru capable. De mois en mois, je poussai un peu plus mon avantage en obtenant de remarquables résultats. Plus je les fixais, plus elles se livraient. Désarçonnées, elles se confessaient avec une franchise parfois désarmante. Comme je prenais leurs secrets pour des cadeaux, je ne les divulguais à personne ; elles me faisaient donc, pour la plupart, une totale confiance. Il leur arrivait de se donner, presque pour me remercier. Cela suffisait souvent à mon bonheur.

Lorsque la tristesse me guettait, pour éviter qu'elle ne me rattrapât, je m'en échappais par le rêve. Mon modèle était Byron. Je m'imaginais,

comme lui, galopant à perdre haleine, les cheveux au vent, sur une plage grecque au lever du
soleil ; je me voyais attablé devant un verre
d'absinthe dans une taverne pour parler, jusqu'à
l'aube, d'héroïsme, de poésie et de grands sentiments. Je chassai de ma mémoire les murs aus-
tères du Trinity College, le petit bureau sous les
combles qu'on m'avait attribué, l'escalier pous-
siéreux qui y menait, et je me rêvais sultan, cou-
vert d'or et de femmes, dans les profondeurs brû-
lantes des palais d'Arabie ; ou prince à Venise,
dans les bras d'une belle comtesse et, dans les
grands jours, Byron lui-même avec son visage
d'ange et son regard triste sous la masse des boucles brunes.

De ces rêves, je ne disais mot à personne,
pas même aux femmes dont la quête et la
conquête ne quittaient plus mon esprit. Mais,
au fil du temps, j'essayais, par-delà les années,
d'approcher au plus près la vie de mon modèle,
de calquer mes actes sur les siens.

Silencieux, je séduisais. Disert, je séduisais
encore, parce que je parlais peu de ma personne, et beaucoup d'elles. Les femmes adorent
qu'on les écoute et j'adorais les écouter, sans

me forcer. Il me semblait découvrir, grâce à leur conversation, des mondes nouveaux où les hommes n'évoluent guère à leur aise. Moi, je savais, ou, du moins, je croyais savoir. Il me suffisait d'une inflexion dans la voix, d'une attention un peu soutenue, d'une pression du regard pour qu'un babillage se transformât en aveu. Elles se sentaient soulagées, soutenues, et se réfugiaient alors parfois dans le creux de mon épaule. Dans ces moments-là, redevenu petit garçon, je me souvenais de mon enfance protégée – mais pas étouffée de tendresse – et les larmes me montaient aux yeux. Je ne les montrais pas, parce qu'il ne faut pas trop vite inverser les rôles, mais si, furtivement, elles les découvraient, cela ne me gênait pas.

J'étais plus habile à les faire pleurer qu'à les faire rire. J'aurais bien aimé apprendre, car les femmes raffolent des hommes drôles, hélas mes dons en la matière restaient limités. Je ne me donnais pas en spectacle et ne savais pas éclater de rire. Je ne manifestais mes joies qu'en souriant. On me disait plaisant, j'aurais voulu être irrésistible. Comme Byron. Je me contentai donc de plaire.

BYRON s'était vanté d'avoir possédé deux cents Vénitiennes, de tous âges et de toutes conditions. Deux cents femmes, rien qu'à Venise... Je rêvais, j'imaginais.

Casanova avait fait mieux, dans la même ville. Don Juan aussi. Plus de mille, *mille e tre*, jurait son valet Leporello, en Allemagne, en France, en Espagne, en Angleterre et dans d'autres contrées lointaines. Mais Byron, lui, n'avait passé que deux ans dans la Cité des Doges. Une femme nouvelle tous les trois jours...

Nouvelle, peut-être, neuve certes pas, prostituée sans nul doute. Les prostituées, ça ne compte pas. Contrairement à Byron, je n'ai jamais couché de ma vie avec une catin. Non que je les méprise ou qu'un interdit moral m'empêche de les approcher, mais je les plains.

Et je ne veux pas leur imposer une salissure supplémentaire. Je suis un intégriste du sexe, un forçat de l'innocence amoureuse. Moi, le coureur de jupons, il me semble qu'une femme payée, ne serait-ce qu'une seule fois, est une femme souillée. Quand j'ai eu besoin, pour d'obscures raisons, de me venger de la gent féminine, il m'est arrivé, comme le faisait Byron, de déflorer une ou deux vierges juste pour les marquer à vie, histoire de planter mon drapeau en terrain inviolé. Et comme lui, à peine ce nouveau territoire conquis, je reprenais mon trophée et le déposais ailleurs, plus par dégoût de moi que par jeu.

Désormais, les divertissements libertins m'écœurent facilement. Lorsque j'étais malheureux, je m'y jetais furieusement, comme un alcoolique ou un drogué. Je ne faisais pas l'amour, je consommais. Et j'en redemandais. Les femmes qui passaient alors entre mes bras venaient souvent à moi pour me consoler. Je savais leur donner du plaisir pour les remercier, et même pleurer juste après, pour me faire pardonner s'il le fallait. De douces mains m'essuyaient le coin de l'œil, me caressaient les paupières, j'allais mieux. Mais, dès que je rouvrais les yeux, reprenant vie, les consolatrices devaient très vite partir et ne plus revenir. J'étais intraitable sur le sujet et nombre d'entre elles en firent les frais.

J'en ai revu certaines, ou simplement croisé, bien plus tard. J'aime le charme de ces retrouvailles. Aucune de ces femmes ne m'a semblé gênée, fût-ce en présence d'un mari, d'un amant ou d'une petite assemblée. Certaines se révélaient lascives, avec dans l'œil une pointe de nostalgie, avouant au grand jour leur écart passé. Elles laissaient glisser le bout de la langue sur leur lèvre supérieure, en souvenir d'un baiser ou dans l'attente d'un suivant. D'autres ne disaient rien, ne montraient rien, juste un imperceptible signal destiné à n'être décrypté que par moi seul. Elles me faisaient savoir que notre histoire était restée secrète et que, de longues années plus tard, elle avait gardé un goût exquis. D'autres enfin me regardaient, incrédules et glaciales : comment donc ai-je pu succomber à ce bellâtre ?

Et puis, il en était que je reconnaissais à peine. Certes, je me souvenais les avoir frôlées,

embrassées peut-être, mais les avais-je hono-
rées ? Avec le recul, je ne suis guère fier de ces
interrogations. Il n'y a rien de glorieux à avoir
conquis sans en garder le souvenir. Ces
cadeaux-là comptent. Je suis persuadé que toutes les femmes du monde se rappellent leurs
amants, même enfouis au plus profond de leur
mémoire.

Don Juan lui-même se souvenait de tout.
Byron l'a écrit dans le poème épique qu'il lui
a consacré, s'identifiant à son héros. C'était au
lendemain de sa rencontre avec Claire Clairmont, la demi-sœur de Mary Shelley, qui se
pâma pour lui. La première fois qu'il l'avait
vue, elle souriait sous un grand chapeau de
paille, dans un champ fleuri de gentianes, sur
les rives du lac de Genève. Percy Shelley, dont
il faisait également la connaissance et qu'il prit
de prime abord pour un « timide freluquet »,
y avait loué une villa pendant l'été. Avec Shelley, l'amitié s'installa vite. Pour Claire Clairmont, il eut un grand élan de tendresse, tant
ses yeux noirs, un peu craintifs, étaient l'image
même de la candeur. Mais leurs promenades
en barque au clair de lune eurent tôt fait de le

lasser. « Claire C. m'assomme », écrivit-il à un ami, après avoir délaissé cette maîtresse d'un été, dont la mélancolie permanente lui pesait. Il lui laissa pourtant un précieux souvenir : une petite fille aux yeux bleus et aux cheveux noirs que, nostalgique, Claire prénomma Alba, mais que le poète, peut-être par ironie, nomma Allegra.

Un enfant pour laisser une trace, fût-ce celle d'un remords. En cela, je n'ai pas en tout point suivi mon maître.

J'AI connu moi aussi une Claire C. Elle est entrée dans ma vie à un moment où, surexposé par mes rôles, je commençais à me croire irrésistible autant qu'invulnérable. Ma Claire à moi était brune, étrange, troublante. Était-elle troublée ? Il y avait tant de remous sous cette eau ne dormant que d'un œil, tout semblait si lisse en apparence que chacun s'y trompait. Je crus l'avoir percée, je ne l'avais que devinée. Tout au long des trente mois que dura notre liaison, j'eus le sentiment de faire corps avec elle. Mais son corps, que je connaissais par cœur, n'était que peau de lait. Je savais comment l'éveiller, le réveiller, j'avais appris cette multitude de points minuscules qu'il fallait effleurer pour le mettre en harmonie, à la manière de ces verres de cristal qu'on caresse d'un doigt mouillé pour faire naître un son. Lorsque le mouvement s'accélère et que la course s'affole, le son devient chant, puis cri, puis pleur. Et le verre se casse.

Claire C. se cassait souvent. Son extrême fragilité lui venait d'une inaptitude absolue au bonheur. Elle savait d'autant moins ce qu'était le bonheur qu'elle n'avait jamais été très malheureuse, du moins pas vraiment. Elle n'avait perdu aucun être cher, ni aucune illusion. Mais elle s'était persuadée qu'on l'abandonnerait toujours, tôt ou tard. D'où la seule passion de sa vie : son chien, et par extension ceux des autres. Elle les aimait perdus, sans collier, abandonnés dans un refuge ou sur le bord d'une route.

Elle m'aima donc parce que j'avais, les bons jours, un air de chien triste et que j'avais souffert. Elle se promit de m'aider à chasser mes vieux démons, à les remiser dans son grenier, à les empêcher de reprendre racine. Elle se lança à corps perdu dans ce combat incertain, ne voulut point entendre les avertissements de son entourage. Elle y mit une rage de petite chèvre têtue, se proposa de manger tout cru les diables qui rôdaient en moi. Elle fut, de ce point de vue, royale.

Mais il y avait en elle d'autres bêtes malfaisantes, qui avaient repéré ses failles. Elles les enjambaient à pieds joints, jouaient à la marelle, la renvoyaient en enfance. Claire C. avait du mal à grandir, elle trépignait comme une petite fille et faisait la tête. Sa tête, c'est ce qu'elle avait de plus beau mais elle ne l'utilisait pas toujours à bon escient. Quand elle avait décidé de se murer, tout se cadenassait en elle, à double tour. Plus rien ne transpirait. Ni son, ni colère, ni émotion. Ses yeux ne trahissaient aucun trouble et sa bouche restait désespérément muette. Dans les temps ordinaires, l'élocution n'était déjà pas son fort. Elle ne s'exprimait que parcimonieusement, moins par peur de déranger que par absence d'intérêt. La conversation urbaine lui paraissait vaine, l'échange social futile. Elle n'avait rien à dire qui puisse marquer l'histoire de l'humanité ; elle gardait donc tout pour elle, l'accessoire comme l'essentiel. De là venait son étrangeté en société. Les plus sots voyaient en elle une ravissante idiote, les plus curieux brûlaient de percer le mystère de cette singulière créature.

Et ce mystère était insondable. Sa tête aussi, parfois. Quand elle faisait serment de fidélité, c'était dans l'idée de le rompre à la première occasion, si l'attention qu'on lui portait se relâchait. Une minute sans un sourire, un quart d'heure sans un regard, une heure sans une lettre, et c'était pour elle le monde qui s'écroulait. Son monde fragile, né de l'enfance et de peurs d'orpheline. On l'avait pourtant peu abandonnée, bien moins qu'elle-même ne l'avait fait avec sa sœur, des hommes, des souvenirs, des horizons qui s'ouvraient à elle. Elle croyait qu'on ne l'aimait pas, or elle ne savait pas aimer. Elle trahissait sans même s'en rendre compte, elle se laissait approcher pour peu qu'un rai de lumière se posât sur elle et sût s'y attarder. S'en suivaient des ambiguïtés qu'elle ne détestait pas. En jouait-elle ? Assurément. Moins subtils, les hommes qui tentaient de la séduire se ruaient vers les brèches ainsi ouvertes. Elle laissait faire. Et me rendait infiniment malheureux. Au fond, ce n'était pas une femme pour moi. Bien sûr, j'étais égoïste, plus qu'un autre peut-être, mais il m'eût suffi d'une once de confiance en elle pour m'engager davantage. Nous nous quittâmes avec au cœur une immense amertume.

CLAIRE C. rêvait d'avoir une petite fille qu'elle aurait appelée Rigoletta. Or je ne mis rien de moi dans son ventre. L'aurais-je voulu que, sans doute, le destin qui, par trois fois, m'avait cruellement traité, me l'aurait interdit. Comme si le droit à une descendance m'était refusé. Au hasard de mes conquêtes pourtant, des femmes m'avaient aimé, et m'avaient fait le cadeau magnifique d'un enfant. Trois fillettes, peut-être pour me faire oublier le petit Alexis qui m'avait échappé quelques jours après sa naissance. Elles aussi m'échappèrent. Les deux premières très vite, avant d'avoir eu le temps de contempler mon visage de père dans le reflet de leurs yeux bleus. La troisième, ma bien-aimée, ma toute belle Sunshine, me laissa croire que la malédiction avait relâché son emprise. Et puis les Parques l'ont rattrapée, elle aussi, me confirmant dans mon sinistre pressentiment. Comme Byron, je n'étais pas fait pour la paternité. Mais lui l'acceptait, moi je me révoltais. Sa vie était riche de son génie, la mienne, avec mes conquêtes éphémères et mes rôles sans envergure, restait désespérément vide. Aussi vide que le vide immense que Claire C. laissa dans ma tête, et que mes démons s'empressèrent de remplir. Juste après notre rupture, les névralgies, qui déjà avaient commencé de me tourmenter, ne me laissèrent plus guère de répit. Était-ce pour me punir ? À trop vouloir marcher dans les pas d'un autre, j'étais en train de passer à côté de ma vie, et d'y perdre mon âme. Byron le séducteur, le diabolique, ricanait dans mon cerveau, qu'il investissait désormais pour le détruire. Mon duel avec lui serait sans merci.

PENDANT des mois, des années, je tentai d'oublier Claire C. en m'étourdissant dans d'autres conquêtes, d'autres rôles à interpréter, d'autres postures publiques qui ne me laissèrent aucun répit. Pour chaque acte de ma vie – ou presque –, Byron me servait de guide. Ma carrière d'acteur n'était plus jalonnée par des personnages que j'avais envie d'incarner, mais par des pays que je voulais découvrir. C'est ainsi que, sur les traces de celui auquel désormais je ne cessais de m'identifier, je quittai la vieille Angleterre dont je commençais à détester l'hypocrisie et le climat. J'étais las des noires forêts écossaises, où le silence planait comme une menace, des brumes qui, toujours, voilaient le soleil, des pluies à déprimer la plus joyeuse des hirondelles. Je trouvais Cambridge trop académique, Londres trop vulgaire, et les Anglais trop vieux. Il me fallait un monde plus vaste et plus violent.

C'est à ce moment-là que ma mère mourut. Me recueillant sur ce corps amaigri par l'âge et la maladie, en attendant les larmes qui ne venaient pas, je pensai d'abord à la phrase de Byron persuadé qu'il devait son pied atrophié au fait que sa mère avait serré les jambes à sa naissance. Puis je pris conscience que désormais j'étais seul au monde. Cette femme qui m'avait enfanté, qui m'avait aimé tout en voulant me dévorer, qui m'avait donné de son sexe une image si noire, cette femme que j'avais abandonnée, comme tant d'autres, à ses déceptions et à sa solitude, serait la seule, je le jurai alors, que j'aimerais jusqu'à mon dernier souffle.

Plus rien ne me retenant en Angleterre, je m'embarquai sur le *Queen Elizabeth*, le surlendemain des funérailles. Quatre jours plus tard, je visitais Lisbonne, Cintra et ses palais tristes sur l'Atlantique. De là, je parcourus l'Espagne du sud au nord et du nord au sud, je découvris le soleil et la mort, le taureau et son tueur, la misère et la magnificence, l'orgueil et la laideur, avant de quitter Gibraltar pour l'île de Malte. Plus tard, je fis la connaissance de Byzance et de la mer de Marmara, où je nageai longue-ment avant de boire le vin de Trébizonde, puis des monts d'Albanie où je chevauchai au bord des lacs dans lesquels mon reflet se perdait à l'infini.

Je pus même assouvir un rêve enfoui au cœur de mes fantasmes : le Pacifique et ses fonds insondables. À la faveur d'une tournée théâtrale d'un intérêt plus touristique que culturel, je me laissai capturer par le charme des îles Marquises, si loin de tout. J'y oubliai presque l'ombre étouffante de Byron, pour découvrir Gauguin, ses femmes alanguies et son atelier joliment baptisé « Maison du jouir ». Depuis une visite au musée de Boston, l'éblouissement qu'avait provoqué en moi son triptyque *D'où venons-nous ? Que sommes-nous ? Où allons-nous ?* me persuadait qu'au soir de ma vie, j'avais bien le droit de me poser ces questions simples et salutaires.

La dernière demeure du peintre m'apparut comme l'image de l'Éden : quelques blocs de tuf, une pierre rouge volcanique venue des entrailles de la terre, une simple inscription à la peinture blanche : Paul Gauguin, 1903 ; pour hommage, deux ou trois galets déposés à ses pieds et, de temps à autre, sur son cœur, une fleur de frangipanier tombée d'un arbre rabougri qui monte la garde.

Depuis que j'avais posé le pied sur le tarmac du petit aéroport de Niva Hova, je savais que les ondes dégagées par cette île montagneuse étaient d'un ordre tellurique. Une Marquisienne qui riait tout le temps me passa autour du cou une couronne de fleurs. Tout cela me monta à la tête, et je garde encore le souvenir du parfum de ces filles que là-bas j'ai serrées dans mes bras.

Ce fut un éblouissement, pas un bouleversement. Seule la Grèce me transporta, comme elle transporta Byron. Je la parcourus d'île en île, de montagne en vallée sans jamais me lasser. Ce pays, où je n'eus de cesse de retourner, était le seul qui parvenait à dissiper l'ennui qui, peu à peu, me gagnait.

Partout où je passai, j'essayai de paraître à mon avantage, de m'entourer de jolies créatures que je m'employai à conquérir. À Athènes, je n'eus pas, comme Byron, quatre-vingt-treize femmes, mais sans doute je n'en fus pas loin. Et pourtant, une étrange mélancolie me rongeait l'âme, ma vie me paraissait chaque jour un peu plus chaotique, sans but et sans vrai bonheur. L'excitation ressentie au début de mes voyages commençait à s'émousser, mon métier pâtissait de mes absences et mes problèmes financiers devenaient sérieux. J'étais constamment endetté, et mes rares passages à Londres étaient avant tout occupés à calmer les huissiers. Les célébrités que j'avais été si fier de rencontrer me semblaient maintenant dérisoires. J'étais las des dîners aux chandelles, du champagne dans les coupes de cristal, des domestiques empressés et ironiques, des aubes grises où coulent les maquillages et où s'effacent les sourires de commande.

Était-ce l'âge qui me tourmentait, mon costume de héros qui me serrait aux entournures, ou mes démons qui, définitivement, prenaient possession de mon crâne ? C'était eux, je le savais. Je les attendrai en serrant les dents. Et je gagnerai.

APRÈS des années passées à les fuir, un jour, je crus les avoir chassés pour de bon. À force de traquer l'ivresse de vivre et l'oubli du malheur, je tombai à nouveau amoureux de l'amour, comme je le fus toute ma vie de l'idée du bonheur, plus que du bonheur lui-même.

C'était lors d'une tournée théâtrale que je m'étais imposée après une crise très violente. Assurément, j'arrivais au bout du chemin. Du moins m'en persuadais-je. Il me fallait donc boucler la boucle et consumer au plus vite ce que je n'avais pas encore totalement brûlé sur terre. Je n'avais qu'une envie : retrouver la mer Égée. Au fil des années, j'avais de plus en plus besoin de la mer, d'y plonger pour tout oublier, mon corps, mes angoisses. Elle a le goût de l'amour, qui se dissout dans l'élément liquide ; celui de la mort aussi. Il suffit de fermer les yeux et de se laisser sombrer.

Déjà enfant, j'étais fasciné par ce lac tourmenté, moucheté de sombre par des dizaines d'îles scintillant sur le globe lumineux qui me servait de lampe de chevet. Comme j'avais peur du noir, ma mère me l'allumait le soir ; la chaleur de l'ampoule le faisait tourner toute la nuit. Continents et océans se reflétaient, déformés, sur les murs de ma chambre. L'Angleterre n'était qu'un point, orgueilleusement détaché du reste de l'Europe, tête de pont du vieux continent dans l'Atlantique. Délibérément, je repoussais le sommeil et mon imagination partait en voyage tout autour de la terre. Je dépassais la vaste Russie, longue comme un jour sans pain, et j'attendais la presqu'île de Sakhaline. Après Vladivostok et les îles éparpillées du Japon, arrivait le Pacifique. Des nuances de bleu outremer, d'émeraude et de sombre violet, car c'est là que se trouvent les plus grandes fosses sous-marines, plus profondes, me disait-on, que les sommets de l'Himalaya. Au milieu de cette déclinaison de bleus, quelques confettis jaunes indiquaient

une présence humaine : des îles, des archipels
et, tout autour, des pointillés pour nous dire,
avec force drapeaux, que des nations avaient
naguère conquis le droit d'y pêcher et d'y
implanter des colonies. Je m'intéressais en premier lieu aux territoires cerclés de l'Union
Jack, à mes yeux le plus bel étendard du
monde. Je les détaillais en rêvant d'aventures,
dans le sillage du grand James Cook qui fut
la fierté de notre empire.

Mais, immanquablement, la mappemonde
tournait et me ramenait aux contours tourmentés de la Grèce et de ses îles, peut-être
parce que j'y voyais planer l'ombre de ses
dieux, que j'y entendais le fracas des armes et
des batailles entre Grecs et Perses, et que dans
la mer portant son nom, je voyais sombrer le
corps du vieil Égée, roi d'Athènes, qui s'était
jeté dans les flots pour avoir cru mort son fils
Thésée.

Toute mon enfance de petit écolier anglais
avait été bercée par les récits fabuleux de la
mythologie, par la lecture d'Homère et les
exploits aventureux des dieux et demi-dieux
de l'Olympe. Encadrée par la rigueur angli-

cane, mais plus encore enfiévrée par les excès
des divinités grecques, ma sensibilité de petit
garçon chétif et solitaire s'y complaisait. Les
pleurs d'Hélène, la beauté de Pâris, le courage
d'Hector, la noblesse d'Agamemnon n'avaient
pas de secret pour moi, et je n'aspirais qu'à
pouvoir, un jour, marcher sur leurs traces.

J'avais attendu quarante ans avant de découvrir l'Attique et de retrouver mes enthousias-
mes d'enfant. Voilà que j'y retournais pour
faire découvrir Shakespeare aux descendants
des héros de l'*Iliade* et de l'*Odyssée*...

La troupe était à vrai dire boiteuse, compo-
sée de bric et de broc, plus proche du théâtre
de patronage que du professionnalisme de
l'Old Vic, mais le prétexte n'avait pas grande
importance. Fuir d'abord, réfléchir ensuite.
Mon médecin avait bien tenté de m'en dissua-
der, jugeant que mon crâne supporterait mal
la pression atmosphérique d'un voyage en
avion et la chaleur du soleil grec. Cela m'était
égal. J'en étais presque à souhaiter voir cette
tête exploser en vol, comme une noix de coco
que l'on veut noyer dans les grands fonds.

Les craintes de mon médecin n'étaient pas

fondées. Fatigué mais heureux, je me réveillai le lendemain sur la colline du Lycabette avec, face à moi, baigné dans la lumière dorée du matin, le splendide Parthénon.

LA tournée fut joyeuse. Les comédiens n'étaient pas excellents, mais les Grecs avaient l'air ravis qu'on leur raconte des histoires de bruit et de fureur venues du fond des âges. Ces siècles leur paraissaient moins étrangers qu'à nous. Ils s'y sentaient de plain-pied. Et leur bonheur nous suffisait.

N'ayant rien d'autre à partager avec mes camarades d'occasion, je tentai de faire le point à l'abri de ma solitude. Pas simplement le recensement de souvenirs ou les colonnes de plus et de moins dans le bilan d'une vie : en progrès, aurait pu mieux faire, occasion ratée. Plutôt le tour d'une existence qui revient à son point de départ et le métrage au cordeau de la distance qui me séparait du petit garçon que j'aurais aimé rester. Ce mois-là, dans ces îles méditerranéennes, je considérai qu'à cet égard tout n'était pas perdu.

En rêvassant face à la mer, après avoir consulté quelques dépliants, je m'aperçus que le mont Olympe, du moins le plus célèbre des cinq ou six monts de ce nom, celui qui se dresse, aride, aux confins de la Macédoine et de la Thessalie, n'était qu'à deux heures d'Athènes. J'avais largement le temps d'y aller avant notre prochaine représentation. Peut-être, en m'approchant ainsi du domaine des dieux, aurais-je un regard plus lucide sur ma trajectoire désordonnée. Et sur le destin improbable qu'il me restait à accomplir. Au retour, je fis le projet d'aller en Thrace, là où la légende veut qu'Orphée soit descendu aux Enfers pour y chercher Eurydice, et en Arcadie, où le Styx prend sa source. J'aimais l'idée théâtrale de plonger dans le fleuve des Enfers, d'y nager jusqu'à m'y engloutir pour lutter contre la fatalité qui m'accablait. J'enviais Byron qui, lors de son premier voyage en Grèce en 1810, avait traversé l'Hellespont à la nage, par deux fois, entre Sestos et Abydos, malgré un courant violent. C'est la légende de Léandre rejoignant pareillement Héro, son amoureuse, qui l'avait inspiré.

Je ne savais pas encore que je découvrirais à mon tour, là-bas, une jolie facette de l'amour déguisé en ange.

JE ne la croisai ni au pied de l'Olympe ni sur les rives du Styx, ni même sur une des nombreuses îles, Paros, Naxos, Skyros, Cythère, où le bateau que j'avais pris me faisait faire de courtes escales, mais en un lieu plus inattendu : Missolonghi. Byron m'avait sournoisement attiré vers ce port grec où il avait trouvé la mort. L'endroit n'avait rien de remarquable, sinon un monument très laid sur lequel trône un buste de Byron et, derrière, les collines de Chalkis. Pour le reste, une ville sans charme au milieu des marécages, un hôtel gris et sordide où je passai une seule nuit. C'est pourtant là, alors que je vidais sans joie un verre d'ouzo en pensant à l'ultime combat que se livraient sous mon crâne cellules saines et vicieuses, à la mort sous ce soleil si fort, la mort en plein soleil, comme une fin glorieuse, c'est à ce moment-là précisément qu'en levant les yeux, je vis passer un elfe devant moi. Le temps suspendit sa course, mon cœur s'emballa à nouveau.

ELLE est blonde et longue. Une liane. Elle ondule doucement, j'aime déjà ce corps qui me précède quand, avec son groupe de touristes, elle va se recueillir devant ce qui fut, avant que le feu ne la détruise, la maison du poète. Elle porte un pantalon blanc à taille basse, le creux de ses reins est très dessiné, je devine une vallée le long de sa colonne vertébrale, j'imagine une goutte de sueur qui perle à la racine de ses cheveux et qui lentement descend jusqu'au bas de son dos. J'envisage cette légère transpiration comme un aveu de trouble, je veux l'embarrasser davantage en l'observant.

Elle se retourne, me fixe droit dans les yeux et me parle :

– Pourquoi venez-vous à moi ?

Je crois même qu'elle a dit :
– Pourquoi viens-tu à moi ?

Nous, les Anglais, sommes incorrigibles. Ça nous arrange ce *you*.

La demoiselle semble peu farouche. Et je ne m'en plains pas : quand elle me regarde comme ça, de côté, c'est de la neige au mois d'août. Et ça me fait du bien.

Nous avons marché jusqu'à la mer. C'était sur une plage comme celle-ci qu'on avait brûlé le corps de Percy Shelley sous les yeux révulsés de son meilleur ami. Quelques années plus tard, Byron avait, à nouveau, fui l'Angleterre pour retrouver la Méditerranée et prendre la tête des factions révolutionnaires grecques qui se battaient pour l'indépendance de leur pays. En dépit de son absence totale de charme, l'endroit semble encore résonner des querelles d'autrefois ; chaque brin d'arbre, chaque fleur sauvage plonge ses racines dans ce sol gorgé d'eau, de sel et de sang, et les mânes des ancêtres doivent nous observer du coin de l'œil.

Elles ont veillé sur moi, ce jour-là, avec indulgence. Tout ce que j'ai voulu, je l'ai eu. On n'avait pas échangé trois mots qu'elle acceptait de poser avec moi, sa main dans la mienne, devant la statue de Byron. Après avoir été séduit par le creux de ses reins, je me suis, face à elle, retrouvé amoureux de son nombril. Tombé en amour, dit-on parfois dans les îles. Cette fille-là est une diablesse.

Ensemble, nous regardons le soleil disparaître à l'horizon. La ville derrière moi perd son odeur fétide de marécage et de cadavre. Le désespoir s'éloigne, et le frisson qui me gagne n'est plus de fièvre, mais d'attente. Au seuil de la nuit, l'éclat d'un phare me fait signe. Est-ce ma mort ou ma renaissance ? J'aimerais figer ce rai de lumière pour l'éternité.

Elle s'appelle Caroline. Comme lady Caroline Melbourne, qui aima Byron d'une passion proche de la folie. Plus rien ne m'étonne, il est toujours sur ma route, ou moi sur la sienne. Je pense à Caroline comme à l'innocence, à la virginité perdues. J'aimerais qu'elle soit vierge, rien que pour moi. Mais non, elle est mariée, elle a vingt-six ans et un amant pas loin de nous, me laisse-t-elle entendre. C'est égal, nous marchons côte à côte en bavardant, plus rien n'existe, sa voix est sensuelle, sa peau a la couleur du miel du mont Hymette, ses yeux celle de la nuit, et pourtant, elle est anglaise.

Son groupe est parti. Nous aussi, après eux, à regret. En quittant le rivage, je sais ce qu'est l'origine du monde. La douceur de l'air, la lumière, les odeurs de résine m'enveloppent, une fois encore le miracle de la Grèce vient d'agir sur moi comme au temps des dieux antiques, et je pleure. Depuis l'enfance, les larmes me montent aux yeux dans les trop-pleins d'harmonie, pour un sentiment trop vif et renvoyé, une idée partagée, une communion avec la nature.

Ce soir-là, Caroline est devenue ma jumelle de cœur.

NOUS avons fait l'amour sur la plage, puis sur la terrasse de mon hôtel, et elle m'a serré sur son ventre comme une maman son bébé. On a longtemps parlé, d'elle un peu, de moi beaucoup, mais ce n'était pas ma faute, elle n'arrêtait pas de me poser des questions.

Et puis elle est partie dans la nuit. Une première fuite. Il y en aurait d'autres. J'aurais dû me méfier, mais me méfier de quoi ? Les lianes, c'est toujours en mouvement, les algues aussi ; ça ne sert à rien d'essayer de les retenir. Ça vous file entre les doigts, comme le sable. Et c'est délicieusement doux. Cette nuit-là, bien que seul dans mon lit, j'étais le roi du monde.

Le lendemain matin, elle n'est pas venue au rendez-vous qu'on s'était donné. Je suis allé visiter en solitaire l'île d'en face, plus déserte encore que la plage de Missolonghi. J'en ai fait le tour à pied, dans les pas de Robinson Crusoé. Voilà si longtemps que j'avais envie de larguer les amarres, de finir ma course seul comme un chien errant. Byron a souvent eu le courage de fuir. Pas moi, pas encore, pas tout seul. Il me faudrait un Vendredi. Ou plutôt une Vendredi. Cette fille insaisissable ferait bien l'affaire. Je l'imagine déjà vagabondant le jour, revenant chez nous à la nuit tombante, nous nous aimerions en buvant de l'ouzo, le vent nous balancerait dans notre hamac, nous nous endormirions tous les deux comme dans un cocon. Nous deviendrions chrysalide et plus tard papillon, nous attendrions le temps qu'il faut, neuf mois au besoin. Après, il y aurait un enfant, qui naîtrait très blond, avec des cheveux dans le cou. Il marcherait tout de suite et sillonnerait le rivage en parlant aux chiens, aux animaux qui ne lui feraient pas peur, même les serpents ne le toucheraient pas. Il plongerait avec les dauphins, en adopterait un. On serait heureux tous les trois.

Tout au long de cette matinée-là, j'ai rêvé de Caroline. Je ne sais pas ce qui m'a pris de l'aimer si vite, en sachant si peu d'elle. Sans doute parce qu'elle me ressemble, aussi orgueilleuse, aussi indépendante. J'aime sa sauvagerie et j'aime sa douceur, j'aime faire l'amour avec elle, je sais que son corps s'accorde bien au mien et je veux croire qu'il sera à moi toute la vie.

Sur le bateau du retour vers Athènes, en longeant d'autres îles, je dessinais déjà les contours de notre vie commune. Et pourtant, je la connaissais à peine, du bout des songes.

Caroline continuait de se dérober. Je savais néanmoins avec certitude que je l'attirais. Mais son amant était sans doute dans les parages ; je n'ai pas voulu savoir qui il était. Elle est venue cependant à moi, a pris ma main dans les siennes pour y nouer un comboloï de pierres dures. Comme je les ai aimées, ces îles grecques qui m'ont donné cette fille-là, cette force-là.

Son mari l'attendait au Pirée. Elle me l'a présenté. Devant lui, j'ai eu l'audace de lui demander de dîner seule avec moi. Elle a accepté, il s'est incliné. J'ai admiré cette élégance, j'en aurais été incapable. Dans le bateau, elle m'avait expliqué qu'ils étaient séparés, de corps plus que d'âme, mais qu'ils vivaient dans la même maison depuis leur départ des brumes anglaises pour le soleil grec. Ils se considéraient désormais comme frère et sœur.

Dans la chambre, nous avons à peine touché au repas que j'avais commandé. Nous avons fait l'amour une dernière fois, puis j'ai dû la quitter pour rejoindre ma troupe. Quarante-huit heures plus tard, il me faudrait repartir vers Londres. Le comboloï m'enserrait le poignet. J'étais sûr qu'il me pousserait à revenir. Je reviendrai, Caroline.

DE retour à Londres, je me mis à parler d'elle à plusieurs amis comme de la femme de ma vie. Ils se moquèrent : je n'avais passé que dix heures en tête à tête avec elle, et n'avais-je pas toute ma vie déclaré que j'aimais à en mourir ? Il arriva d'ailleurs ce que je redoutais : ses traits s'estompaient à mesure que mon attachement croissait. Toutes les nuits, nous passions une demi-heure au téléphone. Je la suppliais de m'adresser cette photo de nous deux au pied de la statue de Byron, pour que son beau visage refasse surface en moi. Elle tardait à exaucer mon souhait. Trop nonchalante, trop contemplative, disait-elle, le temps n'avait pas prise sur elle. Elle finit quand même par m'expédier deux clichés par la poste.

L'arrivée de ces photos décupla mon désir.

Je les installai aussitôt face à moi sur ma table de travail. Elle m'y regardait avec tendresse. Je l'aimais, je crois. Ce fil de nos conversations nocturnes était si ténu, j'avais peur à tout moment qu'il ne casse, peur de la perdre, comme on le dit d'un poisson qui se dégage de son hameçon ou d'un malade que le chirurgien ne peut plus sauver.

Nos conversations m'apaisaient. Jamais je ne lui parlai de ces crabes qui me grignotaient le cerveau. Mes crises semblaient d'ailleurs s'être évanouies. L'amour cautérise, il transporte et régénère. De cela, sois remerciée, Caroline, tu ne l'as jamais su.

J'attendais ces coups de téléphone avec impatience. Un jour, elle ne répondit pas. Un jour, puis deux. Le surlendemain, nous nous reparlions, j'avais tremblé pour rien. Une semaine plus tard, son silence dura plus longtemps. Elle était partie dans les îles Ioniennes. Je mesurai, impuissant, la fragilité de ce lien. Deux fois encore, il se rompit pendant quelques jours. Je ne croyais plus guère aux prétextes invoqués. Je sentais la liane reprendre le cours du vent, l'algue le fil de l'eau.

Un soir, après une trop longue interruption, elle me répondit d'une voix métallique :

– Salut.

Habituellement, elle disait sensuellement, en prenant son temps :

– Je suis contente de t'entendre.

Phrase qui, chez toute autre qu'elle, aurait pu sonner d'une grande banalité. Au « Salut », je compris que tout était fini. Je le lui dis, elle ne me démentit point. Je raccrochai en lui avouant que j'étais infiniment triste.

– Moi aussi, me dit-elle.

Je ne la revis jamais, jamais je ne lui reparlai. Une seconde fois, j'avais été follement amoureux de l'amour.

Je m'étais cru guéri. La rechute ne m'en révolta que davantage. La douleur, insupportable à nouveau, me broyait le cerveau. Et m'amena, une nuit d'hiver, vers l'irréparable.

UNE nouvelle fois délaissé par les femmes, je me laissai envahir par le fantôme de celui qui savait les tenir à sa merci. Les visages de Claire et de Caroline s'effacèrent de ma mémoire ; seuls leurs prénoms, qui me rattachaient à Byron en évoquant des femmes que lui aussi avait aimées, restaient vivants en moi. Ma santé et mes finances défaillantes ne me permettant plus de suivre sa trace partout dans le monde, je continuai de le traquer par la pensée, avec pour seule compagne la douleur qui carillonnait dans ma tête.

J'apprenais jusqu'à l'épuisement ses vers et même sa prose, je singeais son dandysme, je m'essayais à marcher comme lui, à me vêtir à sa manière, à boucler mes cheveux comme les siens.

J'en vins à rechercher tous ceux qui, à mon

exemple, ne vivaient qu'à travers lui et son œuvre. C'est ainsi que je découvris la Byron Society, dont je devins l'un des membres les plus assidus. Nous nous réunissions presque chaque semaine pour dire des poèmes, les siens ou ceux qu'il avait inspirés, et pour parler de lui. Chacun de nous devait, à son image, porter une chemise blanche à col ouvert, arborer canne et cape, l'une de nos principales activités étant de débusquer tout objet lui ayant appartenu.

Fort de la souffrance qui me rapprochait de la sienne, je me sentais supérieur à tous mes compagnons d'admiration. Cette épreuve me servait de lien sacré avec lui. J'étais désormais digne de ses propres tourments.

Byron se dédoublait en moi. J'avais collectionné plusieurs de ses portraits : les uns continuaient de lui ressembler ; sur les autres, c'était mon visage que je voyais apparaître. Deux Byron cohabitaient sans nul doute : le génie cynique, cruel amateur de femmes, et l'homme fragile, blessé, compatissant, un frère d'amour et d'infortune. Que n'inventerait-on pas pour faire taire sa douleur ?

Deuxième partie

Je ne quitte plus désormais mon appartement, sauf pour quelques brefs séjours à la clinique. J'attends, je me résigne. Une nouvelle crise s'annonce. Je veux cette fois oublier les couloirs glacés et leur silence de mouroir. Je m'abrutis de cachets et de morphine et je m'accroche aux accoudoirs de mon fauteuil, au plus obscur de ma bibliothèque. Je l'ai dessinée comme une cabine de bateau et je sais que la tempête va être rude. Mes livres me protègent par temps calme, ils me rassurent, ils suintent de mystères et me font voyager. Mais cette fois, j'ai envie que les rayonnages se décrochent des murs, qu'ils m'écrasent de leurs volumes, qu'ils me fracassent la tête. Finir broyé par des livres, par tous ceux que je n'ai su écrire, ce doit être une belle mort. Je les imagine s'infiltrant en moi, mêlant leurs pages à cette bouillie de cervelle qui ne me ferait alors plus mal. Ils rampent, s'insinuent, s'ébrouent de leurs caractères d'imprimerie, épongent leur encre dans mon sang, me contaminent. Les mots affrontent mes maux, tuent mes globules blancs, mes tumeurs malignes. Ils vont gagner.

La douleur est à son comble. Ma tête va exploser. Qu'elle m'invente un cauchemar, de quoi larguer les amarres. Je veux fuir, même sans gloire. Puisse le ciel, ou le diable, m'exaucer.

Un dimanche de janvier, la Byron Society qui, chaque année, organisait une cérémonie pour l'anniversaire de la naissance du poète, se réunit sur sa tombe au cimetière de Hucknall Torkard. Cinq de ses membres se relayèrent pour lire des chants de *Childe Harold*. Dans le froid humide et la lumière déclinante du jour, je restai en retrait pour observer le manège d'un être étrange, tout de noir vêtu. Il attendait que les admirateurs du poète se retirent du cimetière. Sans savoir pourquoi, j'attendis moi aussi. Et je vis l'incroyable. Cet homme, qui avait patienté jusqu'à la nuit derrière une tombe, me ressemblait à s'y méprendre.

Longtemps, à la faveur de l'obscurité de plus en plus profonde, je le guettai sans qu'il me prêtât attention. Il me semblait parfois me regarder moi-même, comme un spectre tenu à distance. Vers minuit, je vis, armé d'un pied-de-biche, Victor Parker, mon double, desceller la pierre, puis ouvrir le cercueil de George Gordon Byron. Il avait choisi de ne pas emporter de torche électrique, mais une simple bougie qu'il alluma pour mieux voir le cadavre du sujet de sa vénération. Ce qu'on lui avait dit des excellentes pratiques de son embaumeur, M. Woodeson, se confirma : le corps était presque intact, sa tête aussi. Son long séjour dans l'alcool – plus de deux mois – lui avait assuré une étrange conservation. La peau était parcheminée, elle tirait sur le jaune, mais à la lumière de la bougie le mort semblait presque vivant. Il suffisait de déplacer la flamme de quelques millimètres pour qu'on crût voir la paupière se soulever ou le front se plisser d'étonnement.

Victor Parker se livra alors à un acte épouvantable : il vola le cerveau de l'homme qu'il admirait plus que tout autre au monde. Comme il lui restait encore une parcelle d'humanité, il se refusa à fracturer le crâne avec son pied-de-biche ; il pratiqua une légère inci-

sion dans la paroi nasale et, à l'aide d'instru-
ments chirurgicaux, parvint à extraire le cerveau de son idole par le larynx. Il mit le tout
dans un bocal de formol et s'appliqua à réparer
les légers dégâts externes causés par sa singulière opération.

Agenouillé comme pour une prière, il
contempla longuement le cadavre de son maître
en toute chose. Puis il referma la dalle et partit,
telle une ombre, son précieux butin caché sous
un pan de son manteau noir.

Victor Parker n'avait pas agi à la légère. Il savait que le caveau de Lord Byron avait déjà été ouvert une première fois, en 1938, pour le cent cinquantième anniversaire de sa naissance, parce que la rumeur prétendait que le corps du poète n'était plus dans la crypte. Le chanoine Barber était alors vicaire de Hucknall ; c'est lui qui autorisa les historiens à violer l'intimité du locataire de son église paroissiale St. Mary Magdalene. C'est aussi lui qui consigna les fruits de leur fouille macabre « Avec respect, beaucoup de respect, écrivit-il, je soulevai le couvercle, et je vis le corps embaumé de Byron dans un état de conservation aussi parfait que lorsqu'il avait été placé dans le cercueil voilà cent quatorze ans. Ses traits et ses cheveux étaient facilement identifiables, en référence aux portraits qui m'étaient si familiers. L'expression sereine, presque heureuse, de son visage me causa une profonde émotion. »

À plus d'un siècle de distance, son témoignage corroborait ceux de la demi-sœur du poète, Augusta, et de son meilleur ami, Hobhouse : le visage de Byron semblait reposé, expression rarissime pour un homme chez qui les passions ne connaissaient jamais de repos.

Il prouvait surtout que le corps du poète était intact, ce qui tendait à démontrer que le génie a des vertus chimiques. Si l'on excepte quelques cadavres de saints et d'hommes d'exception, Napoléon, disait-on par exemple, la mort n'a pas l'habitude de s'arrêter en chemin. Les vers sont ses alliés, la pourriture sa parure.

Il assurait enfin que Byron avait – diablement – raison lorsqu'il écrivait le 7 juin 1819, cinq ans avant sa mort : « Mes os ne trouveraient pas le repos dans une tombe anglaise. » Avant de se raviser à la fin de sa vie, il avait manifesté le souhait d'être enterré loin des froidures britanniques, en Grèce, sur le lieu de ses exploits militaires, ou à Venise, sur celui de ses conquêtes amoureuses. Il était sans doute à mille lieues de penser qu'on profanerait ses vœux avec autant de constance.

Déjà, le soir de sa mort à Missolonghi, son inséparable ami Trelawny n'avait pu s'empêcher de se conduire en concierge pour assouvir sa curiosité de toujours : pourquoi donc Lord Byron boitait ? Était-il affligé d'un ou de deux pieds bots ? « Deux ! » s'était exclamé Trelawny en ôtant les bottes de son ami. « Ses jambes étaient atrophiées jusqu'au genou, le corps et le visage d'un Apollon avec les jambes et les pieds d'un satyre sylvestre. » Qu'en termes délicats ces choses-là sont dites... Byron s'en était par avance moqué beaucoup plus drôlement. « Si mon squelette ressuscite, avait-il écrit, j'espère que j'aurai une meilleure paire de jambes, sinon je serai singulièrement distancé dans la file d'attente qui se formera devant le Paradis. »

Déshabillé par son meilleur ami, réveillé un siècle plus tard par le bon chanoine Barber, le sixième Lord Byron pouvait bien aujourd'hui accepter d'être décervelé par un homme persuadé de partager avec lui d'autres titres de noblesse, et tant de couches de femmes.

RENTRÉ chez moi dans un état second, je dormis d'un noir sommeil qui me sembla sans fin. Au réveil, la vérité me sauta à la figure : c'était bien moi qui avais accompli ce forfait.

Le cerveau de Lord Byron me narguait dans son bocal de formol. Il semblait qu'il vivait encore. Fonctionnerait-il aussi brillamment cent soixante-dix-neuf ans après son acte de décès ? Outre mon indélicatesse au cimetière, et la goujaterie des historiens en 1938, il avait déjà fait l'objet d'une sauvage agression le lendemain même de sa mort officielle, le 19 avril 1824. Les quatre médecins grecs qui n'avaient su le guérir de ses fièvres à Missolonghi avaient ordonné son autopsie. Pendant que la grande batterie de la ville tirait trente-sept coups de canon – « ce nombre étant celui des années de l'illustre défunt », disait la proclamation des insurgés qu'il était venu aider –, les quatre Diafoirus ôtèrent ses viscères, puis scièrent sa tête sous le cou. Ils lui ouvrirent le crâne et jugèrent que son cerveau était celui d'un homme très âgé. La dure-mère était enflammée, elle adhérait déjà à la paroi osseuse ; quant à la pie-mère, elle était injectée de sang. Ils en conclurent que le poète était en train de brûler ses dernières réserves et qu'ils n'avaient rien à se reprocher. Tôt ou tard, et de préférence plus tôt que tard, le flamboyant Britannique aurait quitté ce monde.

À la manière du coup de tonnerre qui accompagne le retour de la statue du Commandeur à la fin de la pièce, la mort du sixième Lord Byron fut saluée par un terrible orage à six heures du soir. « La brève lueur des éclairs, écrivit son biographe André Maurois, dessinait au loin, sur la lagune, la silhouette sombre des îles. La pluie, balayée par le vent, battait les vitres des maisons. Les soldats et les bergers qui s'y étaient réfugiés ignoraient encore la funèbre nouvelle, mais ils croyaient, comme leurs ancêtres, que des prodiges accompagnaient la mort d'un héros et, remarquant la force inouïe du tonnerre, se disaient entre eux : "Byron est mort." »

Iᴌ est temps maintenant d'avouer pourquoi ma passion pour Byron, cette maladie qui, parfois, m'entraînait aux confins de la folie, m'amena, presque à mon insu, à ce geste de prédateur.

Quatre mois avant mon forfait au cimetière de Hucknall Torkard, j'avais appris, le 11 septembre 2002, qu'on venait de retrouver le cerveau de la terroriste allemande Ulrike Meinhof dans un laboratoire de l'université de Magdebourg. Or la fondatrice de la Fraction Armée rouge était morte depuis 1976. Elle s'était suicidée en prison, peu avant ses amis Andreas Baader, Gudrun Ensslin et Jan Carl Raspe.

Que venait faire le cerveau d'Ulrike Meinhof dans un flacon d'alcool abandonné sur une étagère à Madgebourg ? Le président de l'université, Klaus Pollmann, répondit qu'il n'en savait rien. Il promit d'interroger son collègue Bernhard Bogerts, directeur de l'Institut de psychiatrie, psychothérapie et médecine psychosomatique, dans le laboratoire duquel on venait de retrouver le bocal.

Les terroristes de la bande à Baader avaient à ce point impressionné l'opinion publique allemande au début des années 70 (trente-quatre morts lors d'attentats et d'enlèvements spectaculaires) que personne n'avait pris le soin d'écouter les protestations des deux filles jumelles d'Ulrike Meinhof, Bettina et Regine, qui s'étaient interrogées sur le rapport des médecins légistes chargés de constater la mort de leur mère. Ils avaient remarqué des fractures du crâne, qu'ils avaient attribuées aux séquelles d'une opération fort ancienne. Lorsque, un quart de siècle après sa mort, ses filles eurent la certitude qu'on lui avait tout simplement volé son cerveau, elles portèrent plainte pour « violation du respect des morts ».

Pourquoi l'État allemand, intransigeant sur les règles de droit, toléra-t-il cette mutilation secrète ? Pourquoi les scientifiques eux-mêmes

la cautionnèrent-ils, et peut-être même l'en-
couragèrent-ils ? À ce jour, nul ne savait.

Nul ne savait non plus pourquoi en mon
doux pays d'Angleterre, dans les trente dernières années, vingt-quatre mille cerveaux de
malades mentaux ou de handicapés ont été
fournis par des médecins à des chercheurs sans
le consentement des familles. Or le Human
Tissue Act, une loi de 1961, stipule qu'aucun
médecin n'a le droit, sauf accord de la famille,
de procéder à une autopsie pour prélever des
organes.

Si l'on cherchait à comprendre les mécanismes du cerveau en matière de folie meur-
trière ou de handicap, on pouvait bien faire de
même pour le génie. J'étais à ce point miné
par la douleur, déliquescent, sans espoir de
répit, que j'eus la folle idée d'un salut tout
trouvé. J'avais besoin d'un cerveau de substitution. Byron y pourvoirait. Il ne me restait
plus qu'à passer à l'acte, à mettre mon précieux
butin en lieu sûr, et à trouver un médecin assez
fou pour accepter de faire l'échange. Plus rien
désormais ne me paraissait impossible.

ANIMÉES de cette saine folie, mes errances amoureuses qui s'étaient un temps interrompues reprirent de plus belle. Dans l'un de ces moments d'intense dépression qui précèdent toujours chez moi un anticyclone amoureux, je m'étais un matin retrouvé dans un lit que je ne connaissais pas, au côté d'une jeune femme que je ne connaissais pas davantage.

À y regarder de plus près, nous avions dû pourtant lier très intimement connaissance. Le lit n'était que champ de bataille et nous sentions à ce point l'amour qu'instantanément, après l'avoir reniflé comme un animal, je me précipitai sur ce corps abandonné.

Quand j'eus calmé mes ardeurs, je retrouvai ma civilité naturelle. Je dis bonjour à la belle inconnue. Elle sourit en coin, d'un air malin qui disait assez qu'elle n'était pas sotte. C'était déjà un bon point. J'avais supporté tant de babillages insupportables, tant de conversations ineptes, tant de fonds d'yeux vides. Mais sait-on toujours tout cela au cœur de la nuit, quand l'alcool et la fatigue relâchent l'exigence et qu'on pêche ce que l'on peut dans les vastes filets jetés en eaux troubles ?

Plus je regardais mon inconnue, plus je la trouvais belle, subtile, espiègle. Mais j'avais beau creuser ma tête gangrenée, je ne me souvenais pas des circonstances qui m'avaient mené à ce lit ce 9 juin 2000.

Mon embarras devait se lire. Ravalant son orgueil, la jeune femme essaya de m'expliquer que ma présence ne devait pas tout au hasard. Elle me rappela notre dîner de la veille chez nos amis communs, Ann et Billy, qui nous avaient présentés l'un à l'autre parce que nous étions de frais célibataires et, à ce titre, encore un peu chahutés par les histoires que nous venions de vivre. C'est à ce désordre amoureux qu'elle voulut attribuer mon goût prononcé pour une boisson brésilienne dont j'avais, paraît-il, fait grand usage, la caipirinha. Ce mélange de cachaça, de sucre, de citron et de glace avait eu au moins le mérite de me rendre presque gai – ce qui chez moi n'était pas habituel – et prodigue de confidences qui touchèrent mon interlocutrice. Elle avait eu envie de me prendre sous son aile et, pour commencer, de conduire à ma place afin de me raccompagner, car j'étais fin saoul, me dit-elle. Mais comme, installé dans la voiture, je ne me souvenais même pas de mon adresse, elle avait entrepris de me ramener chez elle et, pour m'aider à dormir confortablement, de me déshabiller.

C'est alors qu'elle avoua sa propre faiblesse. Selon ses dires, émue par ce corps qui s'offrait à elle, elle le désira et commença à le couvrir de caresses. Comme il ne réagissait pas davantage que l'œil de son propriétaire, elle se déshabilla à son tour et le viola consciencieusement. À l'entendre, il y avait eu en moi suffisamment de vigueur bien placée pour qu'elle pût penser que le plaisir avait été partagé.

J'avais écouté le récit avec grande attention,

l'avais jugé plausible – même si ne me revenait que le souvenir du dîner chez mon amie Ann – et fus à ce point émoustillé par sa conclusion que j'eus envie de la prendre à mon tour, pour que les torts soient partagés. Ce qu'elle accepta bien volontiers.

Trois assauts en quelques heures. Pour un ivrogne qui, de surcroît, abritait deux locataires indésirables en son crâne, c'était de bon présage.

L'INCONNUE s'appelait Durance Castelon, nom étrange qu'elle tenait d'ancêtres excentriques. Son arrière-grand-père se prénommait Florence, sans doute parce que ses parents l'avaient conçu là-bas. Il n'empêche que, pour un homme, ce n'était pas facile à porter. Il ajouta donc à son prénom celui de Percy, qui appartenait à son père.

Ce Percy n'était pas n'importe qui : Percy Bysshe Shelley était avec mon idole Byron le plus grand poète de l'Angleterre romantique du XIXe siècle. Je savais déjà qu'ils avaient été très amis. Cette parentèle m'enchanta.

Son épouse n'était pas non plus n'importe qui. Mary, fille du grand philosophe William Godwin, avait déclaré sa flamme à Shelley sur la tombe de sa propre mère, ce qui, dans l'Angleterre victorienne, ne se faisait guère. À dix-sept ans, ce qui se pratiquait encore moins. À un homme marié, ce qui devenait pur objet de scandale. Percy Shelley délaissa donc sa femme Harriet et quitta l'Angleterre avec la jeune Mary en 1814, à peu près au même moment que le tout aussi sulfureux Byron.

La vie de Mary, devenue très vite la nouvelle Madame Shelley, ne fut qu'un couloir glacé qui la mena à la mort. En passant par le génie. Pendant quatre ans, autour de sa vingtième année, dans ce corridor qui m'était désormais familier, derrière chaque porte, il n'y eut que des fantômes gelés. Et une effroyable constance dans le destin funeste.

Un an après leur fuite en France, elle donna à Shelley une fille. Elle avait alors dix-huit ans. La petite était prématurée. Elle mourut au bout de onze jours. « J'ai trouvé mon bébé mort », écrivit-elle sobrement dans son journal. Elle se contenta d'ajouter : « Il est vraiment dur pour une mère de perdre un enfant. » Pas une ligne de plus. Mary Shelley, l'écrivain de toutes les folies, de toutes les audaces, ne commentera pas davantage cette perte cruelle.

Elle eut raison de se cadenasser parce que la vie allait s'acharner sur elle. Elle perdit encore deux chérubins : Clara, à Venise, à l'âge d'un an, et William, à Rome, à trois ans. Trois mois plus tard, allait naître Florence, le seul enfant qui vivrait. Entre-temps, sa demi-sœur Fanny s'était suicidée en 1816, tout comme Harriet, la première femme de Shelley, retrouvée morte quelques semaines plus tard à Londres, dans la Serpentine. Le pire était à venir : la noyade de Percy Shelley après le naufrage de l'*Ariel*.

Au milieu de tous ces morts, Mary Shelley trouva la force d'écrire son chef-d'œuvre, *Frankenstein ou le Prométhée moderne*. Une gamine de dix-neuf ans, couturée de cicatrices et le cœur percé de flèches, signait là un roman visionnaire, traduit plus tard dans toutes les langues du monde et adapté à haute dose au théâtre, au cinéma, à la télévision...

Durance parlait de son ancêtre avec passion. Je l'écoutais, troublé. En remerciant le Ciel de m'envoyer la descendante d'une femme qui, fugitivement, avait croisé le destin d'un autre météore à ce point fascinant que je me voulais à son image.

De cette vie d'épreuves, Mary Shelley n'allait pourtant retenir que l'émergence de bonheurs inouïs : la force de son amour pour William Shelley, le formidable accueil fait à son *Frankenstein*, et dans une moindre mesure à ses autres livres, ainsi qu'un miracle nommé Florence, seul survivant d'une couvée de quatre canards sauvages enfantés par des génies.

Écrire au côté d'un écrivain est un cadeau céleste, Mary le vivait comme tel. Et peu importe après tout que le poète eût d'autres amours qu'elle, qu'il eût sans doute, comme Byron, couché avec la plus ancienne amie de sa femme, Claire Clairmont l'ambiguë, la mystérieuse. Elle avait grandi avec elle et vivait à ce point en leur compagnie qu'on eût dit un ménage à trois. Peut-être même Shelley eut-il un enfant d'elle, une petite Elena Adelaïde, née à Naples dans de si étranges conditions – et morte deux ans plus tard – qu'on ne sait, aujourd'hui encore, à qui en attribuer la paternité.

Ce qui comptait pour Mary, ce n'était ni cet enfant, ni les commérages, c'était Florence, le fruit de leur union, qui la consola de tout après la mort de Percy. Il lui donna le bonheur d'un mariage, avec Jane Saint Jone, mais pas celui d'être grand-mère. Ce n'est qu'après la mort de Mary Shelley, en 1851, que Florence, devenu député à la chambre des Communes, eut une aventure hors mariage. L'Angleterre puritaine fermait les yeux en pareille circonstance, à condition qu'on ne le sût pas. L'enfant qui s'ensuivit fut donc caché aux yeux du monde. C'était le grand-père de Durance Castelon.

Durance racontait Mary comme si c'était son histoire. Il y avait en elle une exaltation qui ne retomba qu'après que je lui eus fait l'amour. Ce dimanche, nous le passâmes dans le creux de son lit. Il y avait si longtemps que je n'avais pas été à pareille fête. Se réveiller au côté d'une inconnue, ne pas détourner le regard après consommation, découvrir une généalogie de légende, remonter les siècles, c'était à la fois coucher avec Mary Shelley, Claire Clairmont, les maîtresses de Lord Byron et toutes les filles de feu dont Durance était le plus gracieux prolongement.

MA tête est malade. Et folle. Elle ordonne à mes sens, qui se soumettent et me rendent amnésique. Je ne sais plus où situer ce fauteuil de douleur, ce lit de plaisir et cette vie d'errances. Le roulis emporte désormais ma cabine-bibliothèque. Le mal de mer me barbouille, embrouille mes souvenirs. Seule demeure l'odeur fauve du cuir de ces accoudoirs que mes ongles ont labourés pendant les crises. Mais mon fauteuil s'est aussi fait couche, et il y a tant de fantômes dans mon lit. Des jeunes hommes et des femmes à la peau blanche. Une orgie de maîtresses, une débauche de conquêtes. Toutes ont appartenu à Byron. Les chairs étaient pâles en ce temps-là, moins fermes que les corps musclés d'aujourd'hui, mais tellement faites pour l'amour. J'ai besoin de les caresser, de les pénétrer, de leur être soumis. Je voudrais tant me retrouver, au bord du lac Léman, en juillet 1816, choyé par ce quatuor de rêve, Claire et ses trois poètes, Mary, Percy et George.

À vrai dire ils étaient cinq, cet été-là, dans la villa Diodati. Il y avait aussi un personnage que l'histoire n'a guère retenu : Polidori, le médecin de Byron. Un jeune homme d'à peine vingt ans – l'âge de Mary –, dont la charge consistait essentiellement à « veiller à l'intégrité des organes de Lord Byron » après ses excès amoureux... Byron, qui, lui, n'avait que vingt-huit ans, s'était pris d'intérêt pour ce jeune homme surdoué, bardé de diplômes, parce qu'il tenait à sa virilité comme à la prunelle de ses yeux. Il faisait donc scrupuleusement vérifier l'état de son appareil génital après chaque usage. Autant dire très souvent.

Jusqu'au bout, Mary, qui ne succomba jamais tant elle était amoureuse de son mari, resta fascinée par le charme prodigieux qui émanait de la personne de Byron. « Son visage était la beauté même, un pouvoir rayonnait de ses yeux », écrivit-elle au soir de leur première rencontre. Après sa mort, elle fit de lui un portrait élogieux dans *Lodore*. Sa presque demi-sœur, Claire, qui avait la rancune tenace de la femme abandonnée, lui en voulut beaucoup : « Bon Dieu ! Penser qu'une personne de votre génie a pu croire que c'était une tâche qui lui convenait, que d'embellir ce qui n'était qu'un mélange de vanité, de folie et de toutes les misérables faiblesses qui aient jamais été réunies dans un être humain ! »

Mais qu'y faire ? Lord Byron distribuait autour de lui autant de sortilèges que de maléfices. Il piquait qui l'approchait et attirait en ses filets de pauvres proies promises au destin des insectes séduits par le suc des plantes carnivores. Il n'y pouvait rien : il était vénéneux.

À travers le portrait qu'elle me dressait de sa lointaine parente, Durance Castelon se confiait beaucoup. Elle m'expliqua combien la lecture de *Frankenstein* l'avait bouleversée. Inconsciemment, elle l'avait sans doute conduite à devenir elle-même médecin. Elle se disait troublée par le sort de ce pauvre Dr Frankenstein à ce point méconnu aujourd'hui que chacun identifie son nom à la créature qu'il a engendrée. Or c'est sa chose qui n'avait pas d'identité. Au fil des décennies, elle avait fini par cannibaliser le savant qui l'avait créée, jusqu'à lui voler son nom. Dans l'imaginaire populaire, Frankenstein était devenu la bête immonde et le médecin avait perdu son âme en même temps que son état civil. Or, avant de se livrer à cette expérience diabolique, c'était un scientifique de bonne renommée. Durance ajouta qu'il se prénommait Victor...

Peut-être par atavisme, mon amante se passionnait elle-même pour l'étude du cerveau et, après de nombreuses années de recherche sur les mécanismes qui gouvernent nos neurones, elle se spécialisa dans la neurochirurgie. Ce que contient une boite crânienne n'avait plus de secrets pour elle. Par déformation professionnelle, elle ne pouvait s'empêcher, en croisant un simple visage, d'imaginer ce qu'il y avait derrière ce front-là. Cette tuyauterie compliquée la subjuguait, il fallait qu'elle traquât les moindres méandres, les moindres replis du cerveau humain.

Ces confessions firent leur chemin dans ma tête déjà un peu tourmentée. C'était le destin qui avait mis Durance sur ma route.

QUELQUES semaines après notre première rencontre, je pus dire à Durance ce qu'était ma maladie. Elle ne s'en alarma point et réagit en spécialiste. Il lui sembla même que son attachement ne pourrait que croître si je devenais son patient.

Elle m'emmena dans son laboratoire et me donna une leçon d'anatomie. Avec une douceur de mère, elle me montra ce qui distinguait un méningiome, un lyome et un adénome. Sur la base d'examens très sophistiqués qu'elle fit exécuter par l'un de ses collègues, elle m'apprit que mes deux tumeurs étaient de nature différente et qu'elles pouvaient être traitées en deux temps.

La première était celle qui me faisait le plus souffrir parce qu'elle était plus volumineuse et qu'elle comprimait mon nerf optique, d'où les troubles de vision qui me faisaient parfois craindre de devenir aveugle. Mais c'était aussi la plus bénigne et la plus facile à opérer. Comme me l'avaient dit les médecins que j'avais consultés, il suffisait de passer par le nez et de forcer le passage de l'os sphénoïde avec un spéculum. Deux heures d'opération, cinq jours de convalescence, et il n'y paraîtrait plus rien. Je hochai la tête, il me semblait que j'allais déjà mieux.

Mais la seconde tumeur était beaucoup plus embarrassante. Selon toute vraisemblance, elle charriait déjà en elle une concentration de cellules cancéreuses, même si elles ne s'étaient pas encore propagées dans le cerveau. Durance la qualifiait de maligne et primitive. Puisqu'il s'agissait d'un méningiome très vascularisé, gonflé de sang, il allait falloir, par embolisation, boucher les artères pendant le temps de l'artériographie.

Cela ne me plaisait guère. Qu'un esprit malin se fût introduit dans ma tête, soit. Primitif, passe encore. Bien que... Mais que tout cela baignât dans une soupe de sang commençait à m'écœurer sérieusement. La suite allait définitivement me dégoûter.

Pour éliminer la bête, sans garantie absolue de résultat, il faudrait procéder de bien curieuse façon. On m'opérerait en position assise, le crâne fléchi, tenu par une têtière. On m'équiperait préalablement d'une combinaison anti-jet, comme les cosmonautes et les pilotes d'avions à réaction, afin d'éviter une embolie gazeuse. Il fallait à tout prix empêcher le sang de refluer dans mes jambes. On m'ouvrirait la nuque après avoir ôté l'écaille occipitale. On creuserait un trou d'une bonne dizaine de centimètres vers le cervelet. On m'installerait un système de neuronavigation et, après, je devais faire confiance à Durance.

Faire confiance... Je voulais bien, même si je n'avais pas tout compris, loin de là. Au seul énoncé du mot trou, j'avais cessé d'écouter. Jamais on ne m'ouvrirait le crâne.

C'était ma boîte à secrets, mon coffre au trésor, personne n'y toucherait, personne ne les volerait. Ce mot de trépanation – qu'elle avait soigneusement évité de prononcer – me faisait horreur. J'imaginais le vilebrequin, le bruit du marteau piqueur dans ma tête, le panneau : « Attention, travaux », les badauds et les croque-morts qui s'arrêtent, ricanants, pour regarder ce qu'il y a dans le trou. Et cette débandade tout au fond : mes souvenirs, mon imagination, mes fantasmes, mes désirs avoués et inavoués, mon génie méconnu, qui en profiteraient pour prendre leurs jambes à leur cou et fuir par l'orifice ainsi percé. Non, non, décidément, je ne me laisserais pas creuser la tête ! L'idée même m'en était insupportable.

– Dans ce cas, mon ami..., continua patiemment Durance.

– Dans ce cas, j'ai une idée, lui répondis-je.

J'ATTENDIS quelques jours avant de lui soumettre mon idée. Elle était complètement folle, mais tous les grands malades ont le droit de délirer. J'osai donc lui demander si quelqu'un dans le monde avait déjà greffé un cerveau.

— C'est le seul organe vital qui n'ait jamais été substitué à un autre, me répondit-elle sans surprise. Cœur, foie, rein, poumon, estomac, tout ce que tu veux, mais jamais encore le cerveau.

— Et pourquoi donc ?

— Parce qu'il s'agit encore d'une terre inconnue. On n'en connaît que dix pour cent, au mieux, un peu comme pour la partie émergée des icebergs. Il y a trop de mystères dans la tête d'un homme, on sait simplement où sont les zones de l'émotion, du savoir, de la sensualité. On est loin d'avoir découvert ce qu'il y a derrière toute cette machinerie.

– Mais techniquement, c'est impossible ?

– Bien sûr que non, même si le cerveau est beaucoup plus irrigué que tout autre organe. On ne peut pas se contenter de pincer deux veines et quatre vaisseaux. Bientôt, sans doute, quand nos connaissances seront plus avancées et que le progrès des techniques opératoires aura suivi, un homme pourra greffer un cerveau comme on l'a fait pour la première fois il y a quarante ans avec un cœur.

– Un homme ou une femme...

– Une femme, bien sûr. Je reconnais là notre grand féministe ! Encore faut-il qu'on lui en donne les moyens, et un cerveau à greffer. Les donneurs de cerveau, ça ne court pas les rues.

Il était temps de me jeter à l'eau. Je lui racontai alors comment était entré en ma possession un trésor inouï : le cerveau de Lord Byron lui-même, en parfait état de conservation.

Durance ne souriait plus. Elle resta un long moment sans répondre.

– Tu es complètement fou, mon petit Victor.

Elle me regardait, encore incrédule.

– Et c'est pour ça que je t'aime.

– Je t'en supplie, Durance ! Greffe-moi ce cerveau !

– Fais-moi confiance, Victor. C'est ma spécialité : c'est impossible.

– C'est justement parce que je te fais confiance que je te demande de réfléchir. Tout le monde dit que tu es l'une des neurochirurgiennes les plus brillantes du royaume. Et la plus douée de ta génération. Tu n'as pas envie de laisser une trace comme ton aïeule ?

– Je n'ai pas le quart de son talent.

– Tu crois vraiment qu'à dix-neuf ans, elle était persuadée d'avoir du talent en écrivant *Frankenstein* sur les bords du lac de Genève après avoir, tout le jour, devisé avec deux monstres sacrés de la littérature ?

– Peut-être pas, mais elle, au moins, ne risquait pas de tuer quiconque.

– Je me fiche complètement de mourir. Surtout de tes mains. Mais il est hors de question qu'on me perce le crâne. Et, si j'ai bien compris, je n'ai pas d'autre choix. Je préfère à ce moment-là que le crabe me bouffe la tête, à petites bouchées.

— Ne dis pas de bêtises. Victor, je vais t'opérer. Et te guérir.

— Tu m'as dit toi-même qu'il y avait trop de risques d'embolie gazeuse et autres. Et que, de toute façon, tu n'étais pas sûre de pouvoir éviter la prolifération des cellules cancéreuses.

— Eh bien, dans ce cas, on te réopérera.

— Et on m'ouvrira à nouveau la tête ! Tu veux que je finisse en passoire ! S'il te plaît, Durance, réfléchis calmement. Je te propose une chance unique. Jamais cobaye n'aura été plus consentant, ni plus joyeux. Si ça ne marche pas, je mourrai heureux, sans avoir été diminué. Et si ça marche, tu seras la reine du monde.

— Mais ça ne marche jamais la première fois. Le premier opéré du cœur est mort au bout de quelques jours.

— Et Chris Barnard est quand même devenu un héros. Et ça a fini par marcher...

— Pas la première fois, je te répète.

— Il en faut bien une. Je veux que tu saisisses

l'occasion, je te signerai toutes les décharges que tu voudras...

Je parlais comme un petit garçon qui fait un caprice. Je la touchai au cœur. Elle m'embrassa sur le front, là où j'avais mal, là où mes démons tambourinaient.

– S'il te plaît, Durance...

ELLE réfléchit de longues semaines. Elle devint grave, soucieuse. Elle ne disait plus non. Mais je la sentais assaillie de doutes. La nuit, elle s'abîmait dans la consultation de traités et de mémoires, elle surfait sur Internet à la recherche des sites les plus pointus, elle rentrait comme une petite souris dans les bibliothèques universitaires du monde entier, elle en ressortait enrichie d'informations, mais aussi de scrupules, et elle passait de longues heures au téléphone avec l'un des hommes qui l'avait le plus marquée pendant ses études, son maître, un Français qui faisait autorité au Val-de-Grâce, le professeur Desgeorges.

De mon côté, je la cajolais, j'évitais toute nouvelle allusion à ma maladie et à ma suggestion. Je n'avais plus besoin de feindre la dépendance amoureuse, il me semblait que mon être tout entier était envahi d'un sentiment très doux jusqu'alors inconnu. Nos étreintes restaient sauvages, nos caresses et nos odeurs s'accordaient de mieux en mieux. Après nos assauts, un mystérieux tiers s'installait entre nous et faisait durer le plaisir. Ce devait être ça, l'amour tranquille.

Soudain, à l'automne 2002, tout s'accéléra. Le 19 octobre, Durance fit un aller et retour à Paris pour s'entretenir avec son maître, titulaire de la chaire des neurosciences appliquées aux armées. Le soir, elle revint par l'Eurostar après avoir passé ses trois heures de trajet à relire *Frankenstein*. Elle tombait de sommeil quand elle se coucha, ne me dit rien de l'état de ses réflexions et s'endormit avant même que j'eusse eu le temps de la toucher.

Le lendemain, elle se réveilla d'humeur apaisée. Elle avait bien réfléchi. C'était oui. Elle serait la première au monde à tenter de réaliser une greffe du cerveau, c'était une folie pure, mais, après tout, le monde n'avance que grâce à quelques insensés. Desgeorges l'avait mise en garde, mais n'avait pas fait d'objections insur-

montables. Elle avait juste encore besoin de
deux bons mois de préparation, en ne se consa-
crant qu'à cela. L'expérience devait absolument
demeurer secrète, surtout si elle échouait. Il
était donc hors de question de demander le
consentement de quiconque, pas plus celui de
la famille d'un donneur éventuel que des auto-
rités médicales de son hôpital.

Pas grave, me dis-je en l'embrassant pour la
remercier. Depuis longtemps, nous savions, elle
et moi, à qui j'emprunterais un cerveau.

Je la pris par la main et la conduisis vers
mon secret que je ne lui avais pas encore mon-
tré. Elle regarda longuement le bocal, l'exa-
mina, le scruta en technicienne sous toutes ses
faces, fascinée et déjà transportée par l'idée de
ce qu'elle allait faire. Puis elle se tourna vers
moi avec dans les yeux amour et admiration.

Si le destin devait nous être hostile, c'est ce
regard que je voudrais garder d'elle.

DANS la soirée du 27 janvier 2003, un homme neuf se réveilla dans les draps tièdes du London Victoria Hospital. Il était six heures et quart. Il était entré dans la nuit à trois heures moins dix. En quelques secondes, le visage de son amoureuse s'était estompé et, avec lui, ses dernières appréhensions.

Comme je l'avais promis, j'étais allé à l'abattoir avec allégresse. Je n'avais plus posé aucune question. Durance avait accepté, sans réticence, le cerveau de Byron comme organe de substitution. Voilà bien la descendante de Mary Shelley ! Elle l'avait examiné cliniquement, sans réserve morale. Selon elle, il n'était pas endommagé. Sa seule interrogation tournait autour de son irrigation deux siècles après sa mort. Les canaux s'ouvriraient-ils tous au passage de sang

frais ? Des veines resteraient-elles bouchées ?
Toutes les zones de mon crâne seraient-elles
pareillement nourries ? Quel type de séquelles
allait s'ensuivre ? Quel sens serait atteint ?
Durance semblait beaucoup plus préoccupée
que moi. J'attendais avec confiance, la mort
comme la résurrection.

Dans le brouillard cotonneux de mon réveil,
je voulus tout d'abord m'assurer que j'étais
encore en vie. Ma main glissa sur l'extérieur de
ma cuisse, en un lieu que les femmes trouvaient
souvent extrêmement doux. Mes doigts encore
gourds ne ressentirent pas ce velouté mais assurément il y avait là un peu de chaleur.

Un instant, j'imaginai que cette tiédeur pouvait provenir de mes propres cendres à peine
refroidies, puisque l'une des rares dispositions
de mon testament, rédigé avant l'opération,
exigeait l'incinération. Comme Shelley à Viareggio le 16 août 1822. Comme Garance et
Sunshine, mes deux amours disparus. Pas de
traces, juste un peu de poussière entre les
doigts, du sable pour l'éternité, à disperser au
gré des désirs de chacun, une pincée dans la
Manche, une pincée au sommet du Kilimand-

jaro, inaccessible cime ardemment désirée un soir de juillet, en compagnie de deux des êtres qui m'étaient les plus chers, mais jamais atteinte. Tant de barres fixées au plus haut et toujours pas franchies... Des cendres, pas de pourriture, pas d'asticots à nourrir, de terre à engraisser. De l'air tout simplement, des particules d'humanité qui flottent au caprice des vents. La liberté, celle d'aller et venir, celle que je chérissais tant.

Pas tout à fait sûr de ne pas avoir été incinéré, je déplaçai lentement ma main vers mon crâne. C'était bon, c'était du bois, j'avais survécu. Cela devait bouillonner à l'intérieur, avait-on ouvert ma boîte par mégarde ? Les cellules de mon cerveau avaient dû crier au loup en essayant de repousser l'envahisseur. Visiblement, ça chauffait encore un peu.

Je n'eus pas le courage d'aller vérifier du bout du doigt si on m'avait fait un trou. Abruti par les anesthésiants, je me rendormis.

JE flottai pendant plusieurs jours. Durance me veillait maternellement. Je me fis installer des bouillottes sur les pieds comme pendant mon enfance, et apposer d'inutiles cataplasmes à la moutarde, juste pour me rappeler le parfum de ma mère quand elle se penchait sur moi, quarante ans plus tôt.

Durance me caressait doucement les cheveux, me parlait comme à un bambin, me susurrait des mots doux à l'oreille. J'étais tel un enfant qui naissait à la vie. Sa voix me suffisait. J'aimais son intonation. Je n'avais en revanche qu'une confiance relative en ses paroles rassurantes. Selon elle, l'opération s'était passée au mieux. À tel point qu'il lui serait difficile un jour d'en faire état, personne ne la croirait. Mais c'était son secret, sa fierté et surtout le plus beau gage d'amour qu'elle pouvait m'offrir.

De ce jour sans doute naquit un sentiment plus fort entre nous, pas encore adulte – je dépendais de mon médecin plus que de ma maîtresse –, mais beaucoup plus responsable, épanoui. J'oubliais peu à peu l'énigmatique Claire C. qui avait tant fait battre mon cœur et qui m'avait valu un soir, un mois après notre rupture, de défaillir en sa présence impromptue. S'évanouissait également le souvenir de Caroline, qui m'avait fait croire au miracle dans la chaleur des îles grecques et le bleu du ciel d'Attique. Le seul miracle, c'était Durance qui l'avait accompli. Désormais, elle me prenait en charge. Je me laissais faire, elle s'occupait de tout. Elle essaya de me retaper, j'étais devenu si maigre, de me muscler à nouveau, de m'emmener nager à la piscine, de me redonner goût aux sorties le soir et, petit à petit, aux discussions d'après spectacle avec mes amis comédiens. Elle y réussit au-delà de toute espérance. Six mois après mon opération, je pus remonter sur scène.

POUR mon retour en pleine lumière, je me sentais plein d'une énergie toute neuve, nourrie d'un enthousiasme que je n'avais jamais connu. J'avais choisi un texte plutôt facile, une lecture de *Don Juan* qu'un de mes amis avait sobrement mis en scène. J'avais déjà joué le *Dom Juan* de Molière, beaucoup écouté celui de Mozart, en reprochant à la nature de m'avoir privé du don du chant, mais je n'avais jamais interprété celui de Byron, pas encore adapté au théâtre. C'était un retour au mythe originel, celui d'un gentilhomme espagnol qui court bien d'autres aventures que les simples jupons. L'autre Don Juan avait fini par me lasser, il n'était plus à mes yeux que la caricature du séducteur et je pensais désormais valoir mieux que cela.

Je me souvenais d'avoir vu dans mon jeune

temps de cinéphile un *Don Juan* de 1926 qui pendant très longtemps avait détenu dans le *Guinness Book* le record de baisers au cinéma : 127 bouche-à-bouche entre John Barrymore, Mary Astor et Estelle Taylor ! Pauvre John, à la fin du film, il en avait les lèvres toutes gercées... Mais Don Juan ne saurait être réduit à un recordman du monde ou à un collectionneur de papillons. Certes, ses victimes sont souvent épinglées, fossilisées par le formol et la sécheresse de cœur de leur chasseur, mais a-t-on pensé à la solitude du prédateur ? Épinglé parfois lui aussi, seul au milieu de la multitude et interdit de pleurs. À l'image de Byron gouverné par les femmes, ballotté entre sa mère Catherine, sa femme Isabella, sa sœur Augusta, ses filles Medora et Ada, ses amoureuses Teresa, Caroline, Claire, son amie Mary Shelley et toutes celles qui lui couraient après, et toutes celles qui se détournèrent de lui à son passage comme l'Alina de Schopenhauer, et toutes celles qu'il aurait pu mettre dans son lit s'il avait vécu plus longtemps, s'il avait voyagé davantage encore...

Pour l'heure, Don Juan avait une voix, une allure, une silhouette : les miennes. Et un cerveau d'origine plus incertaine.

« *Io lascio qualche cosa di caro al mondo*... – Je laisse quelque chose de cher au monde. » Tels avaient été les derniers mots de Byron avant de prendre congé de cette terre et de son ami Fletcher. Ce que le poète laissait de plus précieux au monde, c'est la force de son esprit, me disais-je, épuisé, dans ma loge après mon *Don Juan*, livide, comme terrassé par une puissance inconnue. Épuisé, mais applaudi par tous mes amis qui saluaient ce retour brillant. Après ma performance ce soir-là, je pouvais, selon eux, prétendre au baptême dans la cour des grands.

Après mes camarades de la troupe, se succédèrent les admiratrices, de tous âges, plus proches toutefois de la maturité que de l'adolescence. Il me sembla, fugitivement, me

retrouver dans cette délicieuse assemblée féminine décrite par Barbey d'Aurevilly dans *Le
Plus Bel Amour de Don Juan* : « Il n'y avait pas
là de ces jeunesses vert tendre, de ces petites
demoiselles qu'exécrait Byron, qui sentent la
tartelette et qui, par la tournure, ne sont encore
que des épluchettes, mais tous étés splendides
et savoureux, plantureux automnes, épanouis-
sements et plénitudes, seins éblouissants bat-
tant leur plein majestueux au bord découvert
des corsages. »

En vérité, au contraire de mon modèle, je
ne détestais pas du tout les demoiselles vert
pomme, j'en avais même croqué maintes fois
jusqu'à m'en agacer les dents, mais le fait était
là : je n'étais entouré dans ma loge que de fruits
mûrs. Comme le seigneur Don Juan des *Dia-
boliques*, alias comte de Ravila de Ravilès, alangui sur son sofa, Victor Parker ce soir-là « bai-
gnait ses fauves regards dans une mer de chairs
lumineuses et vivantes comme Rubens en met
dans ses grasses et robustes peintures ».

Les œillades que me renvoyaient mes admiratrices me faisaient frémir d'aise. J'eus le sentiment de renaître une seconde fois. Mon réveil

après l'anesthésie avait déjà sonné comme une nouvelle naissance. Mon cerveau, désormais en état de marche, était presque neuf, mes entrailles toujours aussi palpitantes et mon cœur prêt à rompre aux premiers émois d'une découverte amoureuse.

Ce bonheur allait être de courte durée.

« Et le pâle sourire des beautés défuntes, charme des anciens jours, semble se ranimer à la lueur des étoiles ; les flots emprisonnés de leur chevelure ruissellent de nouveau sur la toile ; leurs yeux, fixés sur les nôtres, étincellent comme des rêves, ou des stalactites dans quelque antre sombre ; mais la Mort est peinte dans leurs mélancoliques rayons... »

Pendant la dernière tirade, ma voix se fit pâteuse, mes genoux fléchirent, je me sentis faiblir et un instant défaillir. Je me repris, or les mots traînaient dans ma bouche. Ce n'était plus le trac, mais le trou noir qui s'annonçait à grand fracas...

J'avais connu cela à mes débuts sur la scène du casino de Bath, la ville d'eaux de mon enfance, devant une salle à moitié vide. Par chance, l'assistance semblait s'ennuyer, il y avait là peu de connaisseurs. J'avais comblé comme je pouvais mes trous de mémoire, en avançant à grands pas dans le texte, le maltraitant un peu, puis beaucoup ; une dame avait toussé, ce fut le seul reproche d'une soirée dont je m'étais plutôt bien sorti. J'avais eu peur de la récidive le lendemain mais j'avais passé l'obstacle et n'y avais plus jamais repensé.

Cette fois, la situation me parut insurmontable. J'eus beau ralentir au maximum mon débit, bien plus que de raison, la fin de la phrase s'annonçait et, après elle, plus rien. Je voyais le public en face de moi, comme un reflet flou sur une vitre. Je le devinai soudain hostile, prêt à conspuer l'acteur défaillant. Les plus folles idées traversèrent mon esprit, et la panique me gagna. Je songeai un instant à improviser, à appeler à la rescousse un texte de Shakespeare qui commençait à me trotter sournoisement dans la tête, mais on m'aurait aussitôt démasqué. Pris à la gorge, j'allais recourir à la dernière extrémité, la moins courageuse, pour éviter le naufrage : faire mine de m'évanouir, afin d'abréger cette épreuve. On m'avait su souffrant pendant six mois, on mettrait mon malaise sur le compte de ma maladie. Sans doute me ferait-on moins confiance à l'avenir, on ne redonne pas si facilement un rôle à un convalescent, mais, au moins, il n'y aurait pas d'humiliation, tout juste un peu de compassion.

Je préparais donc mon effet – au théâtre on apprend à tomber –, lorsque soudain une toute petite voix prit le relais de ma défaillance, une voix qui me venait d'ailleurs, que je ne contrôlais pas. Je voulus la raisonner, lui imposer ma volonté, la remettre dans ses rails, mais elle continuait à passer la barrière de mes lèvres sans avoir à présenter le moindre passeport. J'étais en pilotage automatique...

Tout mon être s'abandonnait, mes muscles se relâchaient, la sueur d'angoisse qui me coulait sur la nuque à l'approche de ma panne de mémoire s'était asséchée. Je galopais dans mon texte avec aisance tout en pensant à autre chose : mes partenaires me regardaient, intrigués, tant je prenais barre sur eux. En retour, je leur offrais un demi-sourire qu'on eût pu prendre pour de l'ironie ; mais non, c'était simplement une extrême facilité, cette désinvolture propre aux êtres d'une essence supérieure. Je ne m'étais jamais senti tel, j'avais certes visé haut, j'avais mes exigences, mais connaissais trop bien mes limites.

Ce qui m'arrivait ce soir-là, sur la scène de Plymouth, ressemblait plutôt à un accident qu'à un don, un accident heureux. Je ne commandais pas davantage mon débit que je n'avais contrôlé mes embardées, le texte sortait sans effort de ma bouche, j'avais beau me changer les esprits pour jouer avec plus de naturel, multiplier les effets de scène, les regards appuyés, les mouvements du corps, rien n'y faisait, *Don Juan* s'écoulait toujours avec grâce, comme le doux murmure d'un jet d'eau dans un patio. Je survolais désormais de cent coudées les autres comédiens qui s'arrêtaient admiratifs, à peine jaloux, les spectateurs se redressaient sur leur siège, la salle semblait subjuguée.

J'étais possédé. Ce n'était plus ma voix, ce n'était plus mon talent. L'homme qui déclamait s'était désincarné de moi.

QUELQUES jours après la représentation de Plymouth, précédé d'une rumeur flatteuse, je fus convoqué aux studios Pinewood par un metteur en scène en vogue qui voulait me proposer un rôle d'importance au cinéma. Il m'avait demandé d'apprendre un texte et s'apprêtait à juger par lui-même cet acteur dont la réputation commençait à dépasser les frontières des milieux du théâtre.

Le texte n'était guère sorcier ; aidé par Durance, qui me servit de partenaire, je le mémorisai et me présentai fort décontracté à l'audition. Lorsque le rouge de la caméra s'alluma, je m'exaltai :

« Exilé par lui-même, Harold erre à nouveau,
Sans un reste d'espoir, mais d'une humeur
                              [moins sombre ;

Le fait même de savoir qu'il a vécu en vain,
Que tout est terminé pour lui jusqu'à la tombe,
Donne à son désespoir un masque plus
                        [souriant. »

Je m'arrêtai net. Face à moi, le metteur en scène, son assistant et le producteur me regardaient bouche bée, comme frappés de stupeur.

— Mais ce n'est pas le texte, osa l'assistant.

— Le texte ? répétai-je sans comprendre.

— Oui, monsieur, vous vous êtes trompé de texte.

— Quel texte, alors ?

Le metteur en scène intervint pour aider cet acteur qui semblait sincère dans sa méprise.

— Monsieur Parker, vous venez de nous déclamer du Byron. Le troisième pèlerinage de *Childe Harold* très précisément. Je l'ai moi-même étudié à l'Old Vic. Vous nous l'avez d'ailleurs très bien donné. Mais nous sommes loin de ma comédie...

— Pardonnez mon étourderie, je relève de maladie. Je ne sais pas ce qui m'a pris. Le plus étonnant est que je n'ai jamais appris *Childe*

175

Harold. Tout juste l'ai-je lu naguère, mais ce n'est pas ce que je préfère de cet auteur.

Voyant que je m'enferrais et ne pouvant expliquer les étranges manifestations du démon qui désormais m'habitait, je préférai en rester là et me confondis à nouveau en excuses, mettant mon impair sur le compte d'une trop courte convalescence. Le metteur en scène et son producteur me proposèrent aimablement d'oublier l'incident et de dire mon texte. Mais je sentis à cet instant que ma volonté s'y refusait.

Désormais mes propos ne m'appartenaient plus. Mes actes non plus. Ma vie pas davantage. Lord Byron avait pris possession de moi.

Lorsque je rentrai chez moi, je m'apprêtai à raconter ma mésaventure à Durance, qui, sans doute, allait en être plus affectée encore que moi. Je craignais qu'elle attribue mes troubles à sa propre inconséquence. Elle allait se reprocher d'avoir joué les apprenties sorcières. Il lui arrivait le même avatar qu'à son aïeule, à qui son Frankenstein avait échappé. Mary Shelley l'avait imaginé errant, désespéré, à la recherche d'une identité et d'une âme sœur ; elle avait été contrainte de hâter sa fin, de faire tuer le médecin démiurge par la bête et de l'immoler ensuite, en un sacrifice qui annonçait déjà sa propre vie de malheurs.

Durance ne voulait rien de tel, je le savais. J'étais le seul coupable. J'avais eu l'idée. Je l'avais poussée au crime. Et pourtant... Recommencer l'opération paraissait irréalisable. Elle avait déjà été bien heureuse d'y parvenir une fois. Une chance sur cent ou sur mille, lui avait dit son maître Desgeorges. Et puis, mon cerveau, qu'elle avait conservé dans un bocal de formol pour en faire plus tard l'autopsie, était beaucoup trop endommagé. La tumeur était toujours là, tapie, prête à renaître pour peu qu'on l'irrigue à nouveau de sang.

J'en étais là de mes réflexions lorsque je m'aperçus que l'appartement était vide. Désespérément désert. Ma seule compagnie devenait encombrante.

Quitte à être possédé, me dis-je pour m'imposer un semblant de sérénité, autant que ce soit par un génie. J'étais en déficit de ce côté-là...

Et comme Durance me manquait très fort, afin d'apaiser le désir qui montait, j'imaginai notre dialogue.

— Victor, ce n'est plus toi qui me parles, c'est un autre, ce n'est plus toi qui vas me faire l'amour, c'est Byron !

— Formidable ! Il paraît que c'était un amant

merveilleux. Il a épuisé plus de mille femmes sous lui !

– Tu veux une gifle ?

– Allons, docteur. On peut avoir le cerveau d'un poète et ne pas en avoir le cœur, aurais-je répondu en la prenant dans mes bras.

Nous aurions roulé l'un sur l'autre en nous étreignant. Et fait l'amour plus intensément qu'à l'habitude.

– Tu vois, m'aurait-elle dit en rajustant sa jupe, tu imites déjà ton maître. Je suis sûre que tout cela vient de ton cortex.

J'aurais essayé de deviner le reflet de mon visage dans ses yeux, de m'y retrouver et de m'y perdre.

– Victor, aurait-elle ajouté doucement, tu n'étais pas comme cela avant. Là, je suis sûre que tu es sous influence. Cet obsédé de Byron a aimé tout ce qui portait jupon, et même des garçons, m'a-t-on dit...

– Médisante. Ce qu'on t'en a raconté vient de ton ancêtre qui, faute d'avoir pu le conquérir, s'est rabattue sur un autre poète de second ordre.

179

– De second ordre, Shelley ? On voit que tu ne l'as jamais lu.

Nous nous serions disputés quelques minutes en feignant de nous fâcher. Mais Durance n'était pas là. Elle ne répondait plus à mes appels et me laissait seul avec le démon qui m'habitait.

Il faisait froid dans ma tête.

L E même cauchemar revenait. À nouveau ce long corridor lugubre. De part et d'autre, des portes à l'infini. J'en ouvre une au hasard. Une petite fille joue avec son cerceau. Elle a une robe blanche à smocks et l'air grave des vieillards qui n'ont jamais été jeunes.

Un ballon rouge passe au loin. Rouge vermillon et brillant comme la pâte qui me servait pour confectionner, au bout d'une pipette, les ballons de mon enfance. Ils sentaient si fort et si bon l'odeur entêtante des colorants de synthèse.

La petite fille, distraite par l'apparition, lâche son cerceau et court vers le ballon.

– Rigoletta, reviens ! crie une belle voix de femme, rauque, animale, italienne sans doute.

Je sursaute. Rigoletta, c'est le nom de la

petite fille que je n'ai jamais eue, celle que voulait tant Claire C. Après notre rupture, j'ai beaucoup pensé à Rigoletta, j'en ai caressé le rêve, à défaut de ses cheveux. Peu à peu, je me suis habitué à sa présence. Je ne l'imaginais pas bébé, mais à l'âge de trois ou quatre ans, traînant derrière elle une poupée fatiguée faite de chiffons imprégnés de son odeur, la seule qui pût l'apaiser lorsque le sommeil tardait à venir.

Et mon rêve se poursuit. Je veux aller vers l'enfant ; une force immense m'en empêche. Je tourne alors mon regard en direction de la voix qui a appelé Rigoletta. Ce n'est pas Claire, mais une troublante inconnue qui m'observe, avec dans l'œil une infime moquerie. Comme sa fille, elle a un port altier et cet air ancien qui sied aux comtesses et aux tentures cramoisies. Comtesse, elle l'est à coup sûr, marquise peut-être même. Je ne peux lui parler, je n'y arrive pas, elle me regarde pourtant toujours avec indulgence. J'aurais tant aimé lui dire qu'elle est belle, que j'ai compris son regard, que je suis prêt à lui faire toutes les petites filles du monde.

— Alba, Alba ! dit plus doucement la jeune femme.

Alba ? Mais elle parle à Rigoletta... Un nouveau coup d'œil à gauche et je me persuade qu'il s'agit bien de la même petite fille.

— Allegra, murmure alors une voix masculine qui me fait tressauter.

Je me tourne, me retourne, ne vois nul homme dans la pièce. Je me lève de mon siège en regardant autour de moi. Il n'y a personne. Et pourtant cette voix, qui semble monter en moi, chuchote toujours avec précaution : Allegra, Allegra...

La petite fille vient maintenant dans ma direction. Elle répond à ce prénom murmuré par un père. Je tends douloureusement les bras vers elle. Je pleure. L'enfant s'arrête. Je veux l'embrasser. Mes mains se tordent pour l'en implorer. En vain. Mes pieds restent figés au sol. Déséquilibré, je tombe.

Je me réveille brusquement, trempé de sueur.

Toute cette nuit-là, la longue nuit de ce rêve étrange, je claquai des dents. Abruti de fatigue, je ne pus cependant trouver le sommeil tant le bruit de mes mâchoires m'en empêchait. Je finis par placer un gant dans ma bouche pour l'atténuer. Mais ma tête continuait à résonner comme le glas. Et j'avais si soif que je consommai trois ou quatre bouteilles d'eau minérale sans parvenir à me désaltérer.

Plus rien ne m'étonnait dans mon comportement. Je savais que Byron était parfois si assoiffé la nuit qu'il lui arrivait de casser le goulot des bouteilles au lieu de les déboucher. On disait aussi que, le matin, il avait besoin de doses invraisemblables de magnésie. Le tout lui portait bien évidemment sur l'estomac mais, comme on lui avait rapporté que son idole

Napoléon souffrait des mêmes maux pendant son exil à Sainte-Hélène, il s'en accommodait.

Lorsque l'aube parut, désormais persuadé que le sommeil m'avait fui pour de bon, je me levai et me rasai. Mon miroir me renvoyait une expression luciférienne qui n'était pas la mienne, maladive et cependant séduisante, car elle creusait mes traits, en corrigeait une certaine mollesse, avenante mais pas suffisamment virile à mon goût.

Après m'être habillé d'une robe de chambre d'intérieur – c'est ainsi que je m'étais toujours représenté Laurence Olivier, John Gielguld, Sacha Guitry ou Pierre Brasseur, tous ces grands acteurs que j'admirais – je m'installai dans ma bibliothèque pour y consulter les ouvrages que j'avais accumulés sur Byron.

J'eus rapidement la confirmation de mon intuition. Allegra, c'était le prénom qu'il avait donné à l'enfant de Claire Clairmont, née neuf mois après leur séjour dans la villa Diodati, sur les bords du lac Léman. Mais Claire n'en avait pas voulu. Elle avait eu trop peur de la noirceur de l'âme de son amant. Elle l'avait appelée Alba, comme la blancheur de la colombe.

L E même rêve vint me hanter plusieurs nuits de suite. La petite fille s'imposait à moi, obsédante. Sa mère l'appelait Alba, son père, que je ne pouvais voir, continuait à la nommer Allegra. L'enfant paraissait déconcertée, prise entre deux feux, contrainte à un grand écart douloureux. Elle regardait tantôt Claire, tantôt Byron. Son expression était mortellement triste, j'étais obligé de détourner mes yeux d'elle, ils étaient beaucoup trop humides. La petite fille savait tout cela, elle continuait à me fixer du regard. Son cerceau abandonné tenait tout seul debout, le ballon rouge s'était immobilisé, la scène entière paraissait figée, comme une vieille photographie dont le sépia s'estompe. Le sourire de Mlle Clairmont était toujours aussi énigmatique. Plus rien ne bougeait, sauf l'enfant qui fit un pas vers moi – ou vers son père –, puis souleva délicatement les rebords de sa robe en écartant les bras et m'offrit une parodie de révérence.

La mort semblait s'inviter dans ce tableau désormais immobile. La poussière prenait possession des lieux. Des toiles d'araignée reliaient les êtres aux objets. Plus rien ne bougeait. La petite fille ouvrait des yeux désespérés. Et je pleurais d'impuissance.

UNE nuit, la petite fille s'anima de nouveau. La vie avait pourtant quitté depuis
longtemps le tableau. Comme sur un écran de
télévision mal réglé, la neige l'envahissait, mais
le mouvement de l'enfant était perceptible. Des
voix se firent entendre, d'abord légères puis
bruyantes :
— Ada, Ada !
Une voix d'homme.
— Medora, reviens, disait une femme.
Bientôt, ce fut un tintamarre :
— Allegra ! Alba ! Ada ! Medora ! Rigoletta !...
Les voix s'entremêlaient. Des enfants à leur
tour s'interpellaient joyeusement. Des sonori-
tés d'adultes les recouvraient parfois. Puis, peu
à peu, l'image revint. Je découvris quatre petites filles pareillement habillées de blanc, avec

de belles robes à volants. Elles ne se ressemblaient pas. Seule Rigoletta était blonde. Les contours de son visage paraissaient difficiles à distinguer. On les eût dits en pointillé. Rigoletta était diaphane, très à l'aise au milieu de ses amies. Les quatre petites filles jouaient à la dînette avec de minuscules tasses de faïence. Elles se servaient le thé à l'aide d'un broc rempli d'eau claire, elles faisaient des manières et levaient le petit doigt pour boire. Leurs poupées de porcelaine, mollement allongées sur des coussins, les regardaient d'un air las, mais avec bienveillance. Allegra était la plus fébrile, Ada la plus résignée, presque soumise, Medora la plus énigmatique.

Ce n'était plus les songes, mais bien les fantasmes, les joies et les peines de mon lord. En lui empruntant son cerveau, je lui avais volé ses désirs et ses secrets. Et ce que je ressentais pour les petites filles diaphanes de George Gordon Byron, c'était tout simplement de l'amour paternel.

LES quatre fillettes vêtues de blanc jouèrent longtemps pour enchanter mes nuits. Comme mon activité professionnelle, mise à mal par l'incident de *Childe Harold,* était des plus réduites, j'attendais avec impatience l'heure du sommeil. Je n'avais pas osé parler à Durance de ces rêves peuplés d'enfants, elle aurait encore trouvé le moyen de se culpabiliser. Pourtant, je ne la remercierais jamais assez de la compagnie de ces fantômes, autrement plus gracieux que mes métastases d'antan.

Mais un jour le rêve devint cauchemar. Une des petites filles, qui était en train de consoler sa poupée, s'effondra brusquement en cassant une jambe de son jouet. Sa voisine lui en fit gentiment reproche, mais Allegra ne lui répondit pas. Elle était morte.

Frappées de stupeur, les trois autres fillettes n'osaient toucher leur amie. Il n'y eut pas un cri, pas un pleur, juste des poupées de porcelaine qui se brisaient en un bruit de sucre. Puis les os des petites filles se cassèrent à leur tour. Aucune ne sembla souffrir, elles disparurent l'une après l'autre du tableau, comme un dessin à la craie effacé du tableau noir.

Les yeux soudain dessillés, effaré, triste à mourir, je revécus ce que j'avais tant cherché à chasser de ma mémoire, ce que je ne pouvais pas même énoncer, ce qui peut-être m'avait conduit à ces terribles céphalées, à ces tumeurs qui m'avaient gangrené : la mort de mes propres enfants. Je me mis à sangloter comme un désespéré.

C OMME Byron, j'avais perdu une enfant très jeune. Sa maman avait retrouvé un matin notre petite Tiffany toute froide dans son berceau. Elle ne s'en était jamais vraiment remise. Je m'étais, quant à moi, armé de cette rage que j'avais dans un premier temps dirigée vers les autres.

Le premier à en faire les frais avait été un agent au commissariat qui me fit longtemps attendre alors que je venais déclarer la disparition de notre enfant. Lorsqu'il me reçut enfin, le policier me demanda d'un air administratif, négligent et sûr de lui : « C'est pour quelle affaire ? » J'explosai et répondis : « Ce n'est pas une affaire, c'est la mort d'un bébé. » Aussitôt, il changea d'attitude et se montra compréhensif. Mais j'étais passé à deux doigts d'un outrage à fonctionnaire de police.

Le second objet de ma colère était le médecin légiste qui avait ordonné une autopsie du bébé. C'était une simple procédure de routine, comme il en avait signé des milliers dans sa vie, pour se prémunir contre toute contestation a posteriori. Mais l'acte me parut insupportable. Je hurlai comme un loup blessé. On allait ouvrir ma fille, la torturer, la tuer une seconde fois.

Longtemps, j'eus envie d'étrangler ce médecin, puis cela passa. Ce fut le seul homme que j'eusse pu tuer dans ma vie.

Tiffany fut ma première blessure. J'avais parfois besoin de toucher cette cicatrice, pour ne jamais oublier.

Il y avait eu Tiffany. Il y avait eu aussi Garance, ce bébé mort-né à la suite d'un accident de voiture. Son prénom, celui que nous allions lui donner, a longtemps sonné comme un reproche : c'est après m'avoir accompagné à l'aéroport que sa maman enceinte a perdu le contrôle de son véhicule.

Il y avait eu enfin Sunshine, ma toute belle. Celle-là eut le temps de grandir, comme elle le pouvait, déjà un peu maigrelette, peut-être trop couvée dès la naissance : après la mort de Tiffany, nous avions peur de tout. Sunshine portait bien son nom, elle fut mon rayon de soleil. Quand je m'étais séparé de sa mère, c'est elle qui m'accompagna partout : au théâtre, en voyage, dans les tournées. Je la déposais parfois en coulisses comme un ballot de linge, elle me regardait bouche bée, je la récupérais après avoir salué. Elle donnait de la couleur et de la joie aux petites villes de province sans charme que j'abordais auparavant avec une boule au ventre, comme le faisait mon père représentant de commerce quand il achevait ses journées grises dans des hôtels de troisième catégorie. Lorsque j'avais un coup de cafard au cours d'une répétition, j'aimais lui jeter un regard en coin. Sa petite tête émerveillée me consolait de tout.

Elle grandit collée à moi, curieuse de cette vie d'adulte, écoutant toutes les conversations, y participant parfois avec cette gravité et cette assurance qu'ont les enfants trop tôt mêlés au monde adulte.

Un jour, parce qu'elle se trouvait un peu ronde, peut-être pas assez belle pour son père et pour les hommes qui commençaient à la regarder, trop fragile aussi pour affronter l'indifférence ou l'hostilité du monde, elle bascula dans le mal-être, le mal-vivre. Impuissant, je la voyais se noyer sous mes yeux, elle me tendait la main, je tentais de l'agripper avec les deux miennes, elle glissait et glissait, aspirée par son mauvais génie, en bas, tout au fond d'un océan glacé.

À bout de forces, elle lâcha prise et un vendredi après-midi, à trois heures, elle se jeta sous un train.

JE pense à elle chaque minute.

Depuis son départ, tout ce que je fais c'est pour me rapprocher d'elle. Changer d'âme, de vie. Me fondre en Byron. Jusqu'à mentir, tricher, regarder un autre tous les matins dans mon miroir.

Elle ne reviendra jamais. J'irai à elle.

CE soir-là, je m'imaginai quittant les bras de Durance que je venais d'aimer. Habituellement, cela me permettait de trouver le sommeil. Assis sur le rebord du lit, je contemplais la silhouette de ma maîtresse qui dormait déjà et j'eus l'impression de ne pas la reconnaître. Je la regardai longuement, sa respiration était apaisée. À chaque inspiration, ses seins se tendaient puis se relâchaient, évoquant deux îlots qui surgissaient avant d'être immergés par les flots. Je n'avais jusqu'alors jamais pris conscience de la beauté de ces seins qui respiraient calmement.

Quand j'eus fini d'en contempler le spectacle, je me levai, et soudain la tête me tourna. J'avais du mal à reprendre possession de moi-même, de mon corps et même de mes vête-

ments. Comme si je me trouvais à deux endroits
à la fois. Était-ce vraiment mon lit, mes meu-
bles, ces masses sombres dont je distinguais à
peine les contours ? Je ne reconnaissais plus rien.
Une terreur inconnue s'empara de moi, des
bruits étranges se multiplièrent dans ma tête :
n'allait-on pas venir me dépouiller, ou m'assas-
siner ? J'appelai Durance qui ne répondit pas. À
côté de moi, le lit était vide et froid. Je parvins
à me lever, à saisir les vêtements posés sur la
chaise au pied de mon lit et à m'habiller. Une
immense fatigue me terrassait, mais il me fallait
retrouver Durance. Elle seule pouvait m'aider.
Je partis dans la nuit à sa recherche.

Je déambulai le long de la Tamise. La nuit
était moite, les passants que j'entrevoyais semblaient agglutinés les uns aux autres. Les cou-
ples d'amoureux qui se regardaient les yeux
dans les yeux ne prêtaient pas attention à moi.
Je poussai du côté de Branly Square, là où les
promeneurs se raréfiaient.

Confusément, je fus surpris de ne croiser
aucune voiture et d'entendre, dans le lointain,
le trot d'un cheval traînant un véhicule dont

les roues métalliques martelaient bruyamment le pavé.

À l'horizon, le soleil levant commençait à déchirer les nuages sombres d'une timide lueur nacrée. Fiévreusement, je me raclai la gorge pour tenter de retrouver la voix qui avait toujours été la mienne. Je serrai autour de mon cou le col de ma veste, dont le tissu me parut soudain d'un toucher inhabituel.

Hallucination, délire, simple vagabondage ? À l'idée de retrouver les tortures de mon cerveau, je souhaitais, de toutes mes forces, ne pas me réveiller de ce rêve. En marchant, je vis mon reflet dans la vitrine d'un magasin. Cette silhouette, ces boucles de cheveux noirs, ce regard étrange et presque halluciné, jusqu'à cette démarche claudicante qui me tordait la hanche, était-ce les miens, ou ceux de mon double ? Qui déambulait ce soir-là dans les rues de Londres ? Je ne me reconnaissais plus, je me dissolvais en un autre.

En traversant le pont pour changer de rive et faire demi-tour, j'aperçus une femme âgée dont le manège m'intrigua. Elle tenait à la main un cabas de vieux cuir noir qui semblait

peser une tonne. Je la soupçonnai d'un petit tra-
fic. Fatiguée par son effort, elle posa le cabas à ses
pieds et contempla l'eau trouble. Elle s'assit sur
la berge, puis passa son cou sous les anses du sac.
Je compris alors, mais un peu tard, qu'elle voulait
mettre fin à ses jours. Je courus sur le pont,
décrochai à la hâte une bouée rouge et blanc qui
paraissait coulée dans le ciment tant elle était
lourde et fissurée, et me précipitai vers la désespérée. Par chance, elle tardait à accomplir son
geste, elle n'avait pas osé sauter et s'était laissée
glisser le long du quai. J'arrivai juste à temps
pour m'allonger sur la berge et saisir les mains de
la vieille dame qui venait de lâcher prise. Elle se
débattit en criant, me supplia de la laisser mourir
en paix, mais elle était si frêle que je parvins aisé-
ment à la hisser sur le bord. Seul le cabas était
lourd. Il était lesté de grosses pierres que je jetai
sur le quai. La malheureuse continuait à me
maudire :

— Pourquoi ne m'avez-vous pas laissée mourir ?

— Parce qu'il ne faut pas, madame.

— C'est mon problème, pas le vôtre. Si vous
saviez ce que j'endure !

En grelottant dans sa pauvre robe dégoulinante, elle m'expliqua que depuis plusieurs mois elle souffrait le martyre. On lui avait dit que son mal ne guérirait jamais. Deux semaines plus tôt, elle avait voulu se suicider du onzième étage d'un immeuble où, naguère, elle avait été employée comme femme de ménage, mais au dernier moment le courage lui avait manqué. Elle avait attendu le passage du veilleur de nuit pour redescendre sur ses pas.

— Vous avez bien une famille ? lui demandai-je en la frictionnant.

— Juste mon fils, mais je compte si peu sur lui, surtout depuis qu'il est remarié. Ma première belle-fille m'aimait beaucoup. Celle-là m'ignore.

— Je peux le joindre quelque part ?

— Il est boucher, mais surtout, ne lui dites pas ce qu'il vient d'arriver. Il me gronderait.

Je raccompagnai la vieille femme jusqu'à son domicile. Elle habitait au dernier étage d'un immeuble assez vétuste. Ses chaussures gorgées d'eau firent un bruit de crapaud quand elle grimpa les premières marches. Elle eut peur de réveiller ses voisins : elle avait voulu mourir

discrètement, comme elle avait vécu. Je lui reti-
rai ses lourds godillots d'un cuir bouilli sem-
blable à son vieux sac. Elle acheva les quatre
autres étages pieds nus.

Une fois arrivé dans son minuscule deux
pièces dont la seule richesse était une collection
de magazines spécialisés dans la vie des têtes
couronnées, je lui demandai de se déshabiller,
j'essuyai ce pauvre tas d'os en détournant le
regard et l'aidai à passer sa robe de chambre.
Je lui fis promettre de ne pas recommencer,
elle me pria de la croire et de ne pas alerter
son fils. Lorsque je fus rassuré, je pris congé
d'elle en lui demandant son nom :

— Madame Bouvier, comme Jackie Kennedy...

Elle avait repris un air presque guilleret.

— Et moi, poursuivit-elle, puis-je connaître
le nom de mon sauveur ? Bienfaiteur contre
mon gré !

— Lord Byron, répondis-je sans réfléchir,
pour vous servir.

Elle ouvrit de grands yeux éberlués.

— Lord, vous êtes vraiment lord ?

— Non, madame, je plaisantais. Ça m'est
venu comme ça. Je m'appelle Victor Byron.

EN retournant chez moi, je repensai à mon étrange réponse. Avais-je vraiment dit Lord Byron, ou Victor Byron ? Était-ce un nouveau caprice de mon cerveau d'occasion ? Même la voix que j'avais entendue ne ressemblait pas à la mienne. Il y avait bien longtemps que tout m'échappait, qu'une force supérieure contrôlait mes faits et gestes.

Ma dernière aventure n'avait pas fait de moi un héros, je n'avais même pas eu à plonger dans la Tamise pour repêcher la désespérée. Mais elle m'avait permis de rencontrer plus malheureux que moi. Cette femme souffrait, je ne souffrais plus depuis mon opération. Son destin avait été misérable jusque dans son suicide raté, le mien avait été plutôt fortuné. Mais à quoi bon continuer à vivre, puisque c'était un autre qui m'habitait ?

La tête me tournait, ballotée comme un bouchon sur un océan de malheurs. Mon cerveau se noyait dans ce chaos. En proie aux hallucinations, à des visions jumelles et contradictoires, j'avais d'étranges réminiscences. Je me souvenais soudain d'une enfance en Écosse, moi qui, petit, n'avais quitté Londres que pour la Suisse. Je retrouvais le goût des baisers troubles échangés avec ma cousine. Mais avais-je une cousine ? Je me rappelais des lieux, des décors d'un autre temps, j'y croisais des êtres surannés. Avec fébrilité, délectation mais aussi morosité, je plongeais dans les profondeurs de souvenirs confus. Aucune réponse ne venait.

Soudain, cette tête étrangère me parut lourde, comme le cabas chargé de pierres de Mme Bouvier. Je la pris dans mes mains et calai mes coudes sur mes genoux. Je restai prostré un long moment, assis sur le bord de mon lit, sans que le sommeil vînt. Aveuglé comme lors d'un interrogatoire. Or j'étais coupable. On ne se ment jamais longtemps impunément. Vouloir prendre la place d'un demi-dieu mérite le pire châtiment : celui que subit Don Juan saisi d'effroi au soir de sa vie. L'usurpateur que j'avais été était à son tour puni. Modeste comédien, déclamateur de poèmes des plus grands génies, j'avais osé prétendre égaler l'un d'eux ! Mes souffrances, mes vaines conquêtes, mes amours manquées, mes enfants perdus, ma Sunshine envolée devenaient à mes yeux le prix payé à l'orgueil d'un bouffon qui voulait être roi. À nouveau ma tête pesait douloureusement, ce n'était plus hélas le poids du génie. Comme dans le sac de Mme Bouvier, les pierres dans mon cerveau m'entraînaient vers le fond, mais je savais que personne ne me sauverait.

J'en étais là de mes sombres pensées lorsque je sentis une présence derrière moi. Je me retournai brusquement, espérant découvrir Durance dans l'encadrement de la porte. Elle était nue et terriblement belle.

– Tu ne te couches pas ? Pourquoi t'es-tu rhabillé ?

– J'avais froid. Je ne voulais pas te déranger.

– Viens me rejoindre. Je sais comment te réchauffer.

J'obéis comme un bon chien, mais, quand

je voulus la prendre dans mes bras, il n'y avait plus, dans le lit à côté de moi, que le froid et le vide. Durance avait disparu. Tout m'échappait. Le sable glissait de ma main qui s'ouvrait. Mes doigts imploraient un dieu sourd. Plus rien ne m'appartenait.

DE cette nuit datèrent mes nouvelles pulsions morbides. Le désir de suivre Sunshine commença à s'insinuer en moi. D'en finir avec ce locataire encombrant qui avait pris possession de mes appartements, avec cette force incontrôlée qui réglait mes aspirations les plus intimes. Le goût du suicide m'habitait désormais. Là encore, Byron m'avait précédé. Il l'avait même érigé en principe de vie. Le seul reproche que le poète eût jamais adressé à Napoléon, mort trois ans avant lui, c'était de ne pas s'être suicidé ! « Je suis absolument hébété, confondu..., écrivit-il au lendemain de l'abdication de l'Empereur. Vivre esclave plutôt que mourir roi... ! L'honneur te faisait une loi de mourir... »

Mais il disait aussi, six mois avant sa charge

contre Napoléon : « Je suis trop paresseux pour me tuer. »

Et moi donc ! Plus jeune, je portais mes idées de suicide en écharpe, j'en parlais à tout le monde autour de moi, mais peut-être n'était-ce alors que pour m'en prémunir. À force de l'évoquer, de m'en gargariser, je me persuadais d'avoir une fois au moins essayé de me supprimer.

J'avais commencé tôt, car le goût du suicide nécessite une hygiène de vie et un entraînement de tous les jours. « Celui qui se tue, disait Malraux, court après une image qu'il s'est formée de lui-même : on ne se tue jamais que pour exister. »

Au lendemain de ma rencontre avec Byron au Lido, j'avais épinglé au-dessus de mon bureau le passage où il imagine que l'un de ses héros, Manfred, grimpe sur le mont Jungfrau pour en finir avec la vie : « Il suffirait d'un élan, d'un pas, d'un mouvement, d'un souffle, pour me briser sur ce lit de rochers, et reposer ensuite pour toujours. Pourquoi est-ce que j'hésite ?... Je ne sais quel pouvoir m'arrête et me condamne à vivre, si toutefois c'est vivre que de porter en moi cette stérilité de cœur, et d'être le sépulcre de mon âme ; car j'ai cessé de me justifier à moi-même mes propres actions, dernière infirmité du mal. »

J'ai depuis gravi à mon tour le mont Jungfrau, en pèlerinage. J'ai contemplé le vide, puis le bout de mes chaussures. Je suis redescendu piteusement, sans rien avoir osé.

Il me restait sur mon carnet de notes la définition du suicide dans *Don Juan* : « Un courage qui naît de la crainte, de tous le plus résolu. » Il me restait aussi la fierté dérisoire de me croire frère de sang des grands suicidés : Drieu La Rochelle, Montherlant, Hemingway. Et Jack London à quarante ans tout juste...

Il y avait bien longtemps que j'avais dépassé la date limite de péremption. Je m'étais depuis l'adolescence fixé le seuil des deux fois vingt ans, après quoi, selon moi, la vie n'était plus que lente descente, puis décrépitude. Quarante ans pour grimper, quarante ans pour dégringoler.

J'étais aujourd'hui en chute libre.

LE fracas s'éloigne. L'étau se desserre. Je sais que la crise va passer. Je suis resté stoïque, cramponné à un fauteuil aussi fatigué que moi, déchiré par mes ongles qui s'enfoncent en son cuir. Ce bruit de marteau piqueur dans mon crâne me soûle et m'assourdit. Je ne sais plus si Byron me sert de calmant ou d'excitant. Il n'a rien à me proposer contre le mal de vivre et cette existence de funambule me pèse. Sous le fil tendu entre mes rêves, il y a mes tumultes et, au bout, je ne sais quoi. Byron s'est-il vraiment emparé de moi, lui ai-je volé une parcelle de son génie pour me croire immortel ? Ai-je désiré ces tumeurs ? M'auraient-elles été à ce point fatales ? Ces kystes-là ne sont-ils pas plutôt que des billes pour jouer ? Si oui, je ne suis plus qu'un Don Juan pitoyable. Et ce soir, je ne peux que ricaner de moi-même.

J'ai peur de vieillir, pas de mourir. Peur de ces chairs flasques qui pendent aux coudes et au cou, peur de ne plus savoir jaillir, courir, m'époumoner, peur d'être diminué, ralenti, englué.

Les tumeurs enkystées sous mon crâne, je les guette comme deux éclats de phare qui clignotent et m'alertent. Attention, me disent-elles, la fin approche, le lent dépérissement, le début de l'intime putréfaction. C'est pour cela que je veux être incinéré.

Accomplir, comme Byron, mon dernier voyage dans un baril d'alcool ne m'aurait pas déplu. Mais je sais maintenant que tout cela n'est que fantasme, ou folie. Les deux crises d'aujourd'hui m'ont épuisé. Je n'en supporterai pas d'autres. J'en appelle au Commandeur, qu'il me délivre du mal, et de mes péchés.

JE convoque à mes funérailles toutes les femmes de ma vie, toutes celles que j'ai aimées, même furtivement, même une seconde. Celles que j'ai initiées à l'amour, celles qui m'ont maudit ou trop longtemps attendu, celles que j'ai fait souffrir sans le vouloir et même celles qui se sont moquées de moi.

Je les veux belles ce jour-là, comme pour aller au bal, vêtues de noir si elles veulent, mais ce n'est pas obligatoire. Je les souhaiterais en jupe ; couché comme je le serai, ça me ferait plaisir. Je veux deviner leurs bas se frôler à l'entrejambe, j'aimerais qu'en cet instant elles se souviennent de nos moments de trouble, de désir.

Leurs amants peuvent venir, leurs maris aussi. Il ne faut pas tout leur raconter, plutôt

213

laisser planer le doute, suggérer au besoin que j'étais un fameux coureur et qu'elles m'ont résisté.

Je voudrais revoir également Alan, mon camarade des wagons-lits, dont je n'ai plus jamais recroisé le chemin. C'est à lui que je dois ma première initiation byronienne à Venise. Que viennent encore mes amis Ann et Billy, parrains d'une bien jolie rencontre avec une fée, Durance, dont je ne suis même plus sûr qu'elle ait existé.

J'aimerais que l'on dise aussi que j'ai honorablement servi mon métier. Que les journalistes qui voudront bien l'écrire dans ma notice nécrologique ne lésinent pas sur la place. J'essaierai de ne pas mourir un jour de catastrophe ou, pire encore, en même temps qu'un grand de ce monde, surtout s'il est comédien.

Je serais heureux d'apercevoir Mme Bouvier dans les travées de l'église, à moins qu'elle n'ait entre-temps réussi à s'échapper de ce monde. C'est elle qui m'a donné la force d'en finir.

Mes parents ne seront pas là. Ils sont partis trop tôt, chacun de son côté, et ils m'ont tous les jours manqué. Je n'ai pas eu le temps de leur dire merci. Mais si par extraordinaire il y a quelqu'un là-haut ou quelque chose après cette vie, je les invite à venir, réconciliés, avec tous ceux qu'ils ont croisés au paradis, mes petites filles interrompues, Garance, Tiffany, Sunshine, ma grand-mère Marie qui a enchanté mon enfance, Patrick mon copain de scène dont la brutale disparition avait transformé les membres de notre troupe en oiseaux apeurés. Et tous les autres, la petite bande du lac Léman, ces fantômes qui ont lâché ma main.

Ils ne seront pas dépaysés. Pour disperser mes cendres, plutôt que la Manche ou le Kilimandjaro, j'ai finalement choisi la colline de Harrow, non loin de l'orme de M. Peachey, là où, enfant, le petit Lord Byron aimait à lire solitaire. Pour la cérémonie, ce sera bien sûr l'église de Hucknall Torkard, à côté de l'abbaye de Newstead, où sont enterrés tous ses ancêtres.

Et ce jour-là, j'aurai un vœu ultime.

IL est un être que je n'ai jamais revu depuis plus de trente ans. Alexis est mon fils, mon seul fils. Je ne sais où il vit, et pas davantage si sa mère est toujours de ce monde. Je l'imagine comtesse dans un château délabré des Highlands. Revenue au bercail, elle a sans doute fait fléchir son grand-père qui avait menacé de la déshériter à la naissance de notre fils. Je suis sûr qu'elle galope à cheval par tous les temps sur la lande écossaise. Elle a dû avoir de mes nouvelles, par bribes, en lisant la chronique théâtrale du *Times*. Pourquoi ne m'a-t-elle jamais fait signe ? S'est-elle mariée à un jaloux ? A-t-elle eu peur que je lui dispute la garde d'Alexis ?

Aujourd'hui, ce doit être un beau gaillard. Il a presque l'âge de Byron à sa mort. Lui aussi a dû accumuler les conquêtes. Lui a-t-elle dit qui est son père ?

J'aimerais qu'il soit là à Hucknall Torkard. Il sera le seul à prononcer mon éloge funèbre. Il racontera ce père qu'il n'a jamais connu. Au lendemain de ma mort, le notaire l'avertira que j'ai fait de lui mon unique héritier. J'ai peu de biens, juste cet appartement et cette bibliothèque dont je suis si fier. Il a aimé l'endroit, j'en suis sûr, il s'est assis dans mon vieux fauteuil, et il a lu ce journal que je suis en train de finir. Peut-être a-t-il eu parfois les yeux humides. Peut-être a-t-il ensuite consulté mon rayon Byron, ouvert quelques ouvrages. Il a vu qu'ils parlent de moi parce qu'ils m'ont parlé toute ma vie. Ce sont eux qui m'ont fait, plus encore que les femmes.

Quand sa mère lui demandera, à son retour en Écosse, ce qu'il a appris de moi à Londres, dans mon dernier refuge, il ne racontera pas ce livre. Il dira simplement :

— Je crois que j'aurais pu l'aimer.

J'AI marché vers le cimetière où repose Sunshine, heureux enfin, pacifié. Je suis entré. J'ai attendu un moment au pied de la tombe réchauffée par un faible soleil. Comme je l'espérais, des ailes ont battu dans le ciel. Ma mouette arrivait. Elle a tourné autour de moi, a frôlé mon visage, puis a fait mine de partir. Je l'ai suivie. J'ai marché longtemps vers la mer, scintillante dans le lointain. Je respirais l'odeur des fleurs sauvages que j'écrasais sous mes pas, une brise douce comme une caresse faisait voler mes cheveux. Je marchais plus vite, presque joyeux maintenant. Au loin, très loin, la mer Égée. Puis le Pacifique Sud. Au bord de la falaise, j'ai senti que ma mouette effleurait mon épaule de son aile valide. Elle criait doucement, avec des sons rauques et insistants. Comme un appel. Elle dansait autour de moi. À chacun de ses passages, son œil rond et noir m'encourageait à la rejoindre. Quand j'ai tendu la main vers elle, quand le vide m'a happé, absorbé, ce fut comme si un rayon de soleil m'enveloppait tout entier et m'emportait avec elle. Dans un ailleurs éblouissant.

Chez d'autres éditeurs

MAI 68, MAI 79, Seghers, 1978.

LES ENFANTS DE L'AUBE, Lattès, 1982 et 2004.

DEUX AMANTS, Lattès, 1984.

LE ROMAN DE VIRGINIE (avec Olivier Poivre d'Arvor), Balland, 1985.

LES DERNIERS TRAINS DE RÊVE, Le Chêne, 1986.

LA TRAVERSÉE DU MIROIR, Balland, 1986 et 2002.

RENCONTRES, Lattès, 1987.

LES FEMMES DE MA VIE, Grasset, 1988.

L'HOMME D'IMAGE, Flammarion, 1992.

LES RATS DE GARDE (avec Éric Zemmour), Stock, 2000.

COURRIERS DE NUIT (avec Olivier Poivre d'Arvor), Mengès, 2002.

J'AI AIMÉ UNE REINE, Fayard, 2003.

COUREURS DES MERS (avec Olivier Poivre d'Arvor), Place des Victoires, 2003.

FRÈRES ET SŒUR (avec Olivier Poivre d'Arvor), Balland, 2004.